ÉPISODE 0
LA COLÈRE, L'AVIDITÉ ET LA FOLIE

REC 00 : 12 : 11 08
NON C'EST PAS MOI, M'SIEUR !
PUTAIN, ÉCOUTEZ ! ÇA PEUT PAS ÊTRE MOI !
SHINJUKU OUEST. COMMISSARIAT.
C'EST SÛR QUE CES ENFLURES, JE LES PRÉFÈRE MORTS QUE VIVANTS ! MOINS Y EN AURA DANS CE GANG, MIEUX ON SE PORTERA...
MAIS VOUS AVEZ VU LA BOUCHERIE ? ILS ÉTAIENT HUIT, QUOI ! ALORS, À MOI TOUT SEUL, VOUS IMAGINEZ
21 H 00...
REC 00 : 12 : 4
NON C'EST LUI... LUI...
JE L'AI VU, MOI... !

REC 00:13:15 08
JE SUIS ARRIVÉ, J'AVAIS MA BATTE EN ALU... J'ÉTAIS PAS VENU AVEC LES INTENTIONS D'UN ENFANT DE CHŒUR, C'EST SÛR... JE VOULAIS JUSTE LATTER LA FACE DE CES TOCARDS...
BON, ALORS... JE LES CHERCHE... IL EST GRAND LEUR SQUAT... PUIS LÀ, DERRIÈRE UNE PORTE, J'ENTENDS UN BRUIT DE SUCCION... IGNOBLE, GENRE... RÉPUGNANT, VOUS VOYEZ... ?
GLOUP
MOI COMME UN CON, J'OUVRE...
CHOMP
CROC CROC
ET JE LE VOIS... IL ÉTAIT LÀ...
CHOMP CHOMP
PUTAIN, C'ÉTAIT LE GENRE PAUV' NAZE DE COL BLANC...
CROC CROC
GRAP
PFUH
ET VOUS SAVEZ CE QU'IL FAISAIT ?

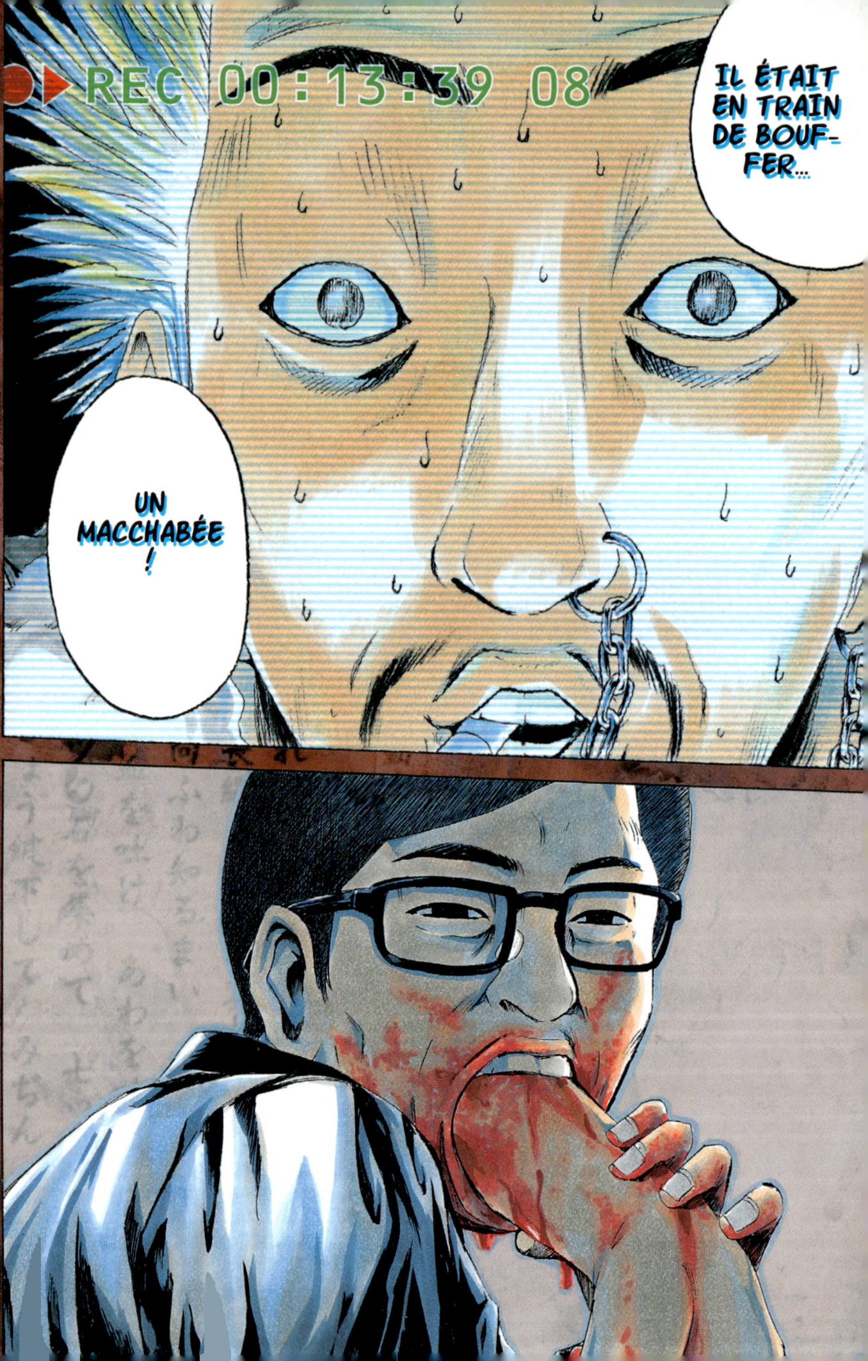
REC 00:13:39 08
IL ÉTAIT EN TRAIN DE BOUF-FER...
UN MACCHABÉE !

REC 00:15:02 08
PUTAIN, L'HORREUR TOTALE, VOUS IMAGINEZ ? Y AVAIT DU SANG PARTOUT, TOUS CES BOUTS DE BRAS, DE JAMBES PARTOUT ET LUI...
IL ÉTAIT ACCROUPI ET, COMME, JE SAIS PAS, UN CLÉBARD... IL AVAIT UN BRAS TOUT CRU ENTRE LES DENTS... UN CANNIBALE, QUOI... !
LÀ, JE PEUX VOUS DIRE, J'AVAIS LA GERBE... MÊME AU CINÉ J'AVAIS JAMAIS VU ÇA...
ドン
ET CES CONNARDS, ILS MAÎTRISAIENT LA BASTON AUTANT QUE MOI ! ALORS, SE FAIRE BOUFFER PAR UN COL BLANC À LUNETTES...
ENSUITE JE RÉALISE UN TRUC ZARB... AU MOMENT OÙ IL S'EST LEVÉ POUR S'APPROCHER DE MOI...
C'ÉTAIT SES YEUX...

IL AVAIT LES YEUX ROUGES ! ET C'ÉTAIT PAS À CAUSE DU SANG, NON...
LS BRILLAIENT, ILS ÉTAIENT ROUGE VIF !

J'AI PENSÉ, JE SUIS FOUTU... IL VA ME MASSACRER...
ARGH !
RHH...
C'ÉTAIT UN NAIN... MAIS J'VOUS DIS PAS COMMENT IL M'A ATTRAPÉ À LA GORGE ET SOULEVÉ !
ET LÀ, TOUT À COUP...
BOK

C'ÉTAIT ELLE...
LA FILLE...

LA FILLE ! OUAIS ! AVEC SES CHEVEUX ROUGES...
ET SON SUPER CUIR DE MOTARD... ELLE AVAIT AUSSI...
UN... UN SABRE ! UN TRUC IMMENSE ! ELLE LE TRAÎNAIT, TELLEMENT IL ÉTAIT GRAND !
ET... ET APRÈS, J'AI HALLUCINÉ...

BOUM ! PAF ! EN DEUX TEMPS, TROIS MOUVEMENTS...
ELLE L'AVAIT DÉCOUPÉ EN 36 MORCEAUX, L'AUTRE COL BLANC DE MES DEUX...JE SAIS PAS COMMENT ELLE A FAIT ÇA...
UN VULGAIRE PRÉTA...
SON MAÎTRE A EU LE TEMPS DE S'ENFUIR...
OUI, MALHEUREUSEMENT...

TOI, LE BLONDINET...
OUBLIE CE QUE TU VIENS DE VOIR...
SUIS BIEN MON CONSEIL... NE PARLE DE ÇA À PERSONNE... JAMAIS !
DRABA DRAM
SI TU VEUX SURVIVRE...
...
QU'ELLE M'A DIT EN ME FIXANT AVEC UN DE CES REGARDS...
JE PEUX VOUS DIRE QUE ÇA A FAIT TILT...

MAIS ÇA, C'EST QUE LE DÉBUT...
DÉBUT...
CLICK CLICK

PRENEZ DES ÉCHANTILLONS !
ET NETTOYEZ TOUT ÇA...
DE QUOI ? JE NE SAIS PAS ! PERSONNE NE SAIT... MAIS ÇA SE PASSE LÀ, EN CE MOMENT...
APPELEZ LE QG...

ET C'EST QUELQUE CHOSE QUI DÉPASSE TOUT CE QU'ON PEUT IMAGINER DE PIRE...
COUIC
TOKKÔ
L'éveil du Diable
ÉPISODE 0 - THE END

QUI DONC...
ES-TU... ?

遠離一切顛倒夢想
究竟涅槃
三世諸佛

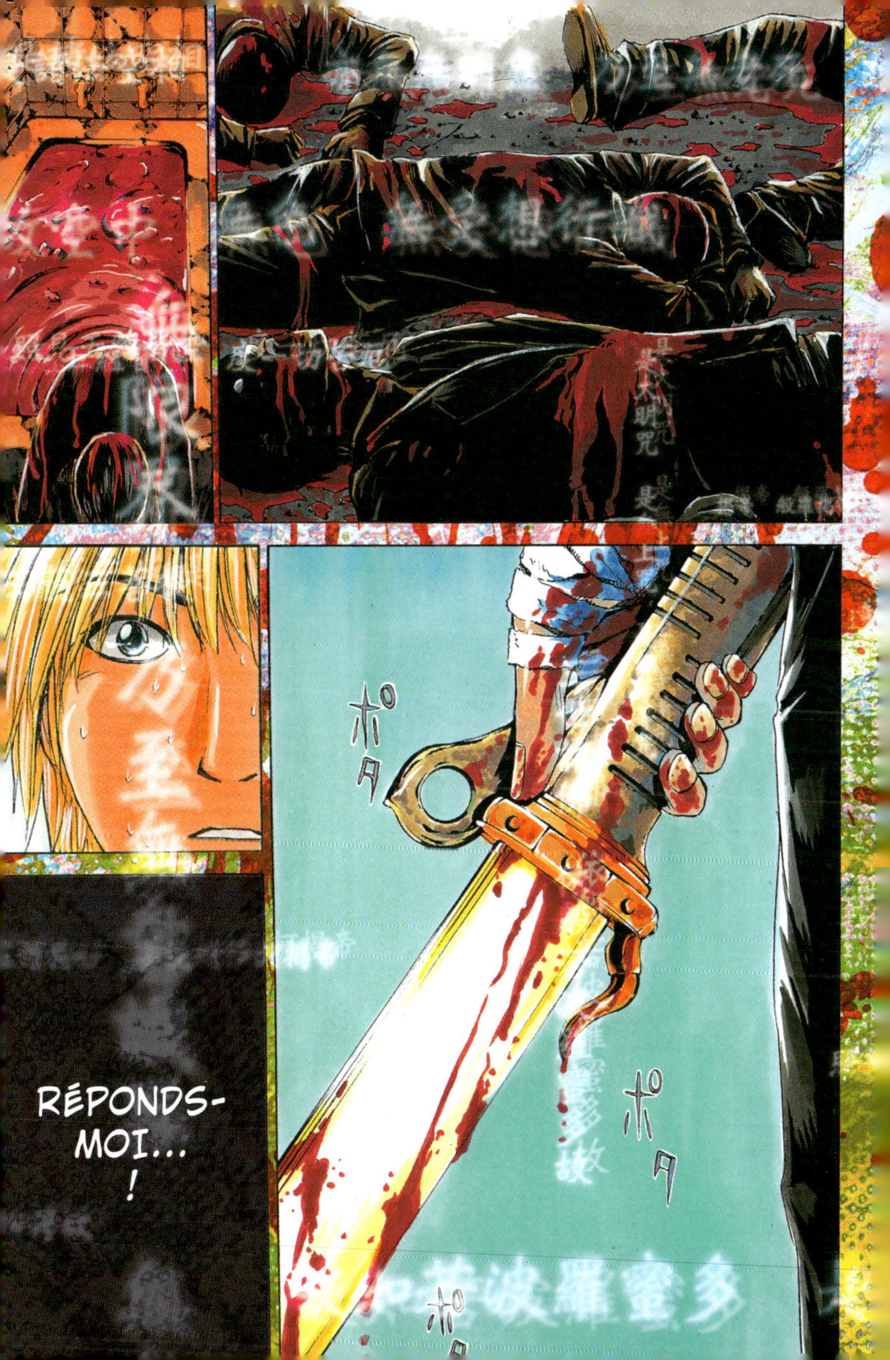
ポタ
RÉPONDS-MOI... !
ポタ

TU SURGIS TOUJOURS DEVANT MOI... POUR-QUOI... ?!

AS-TU QUELQUE CHOSE À ME DIRE... ?!

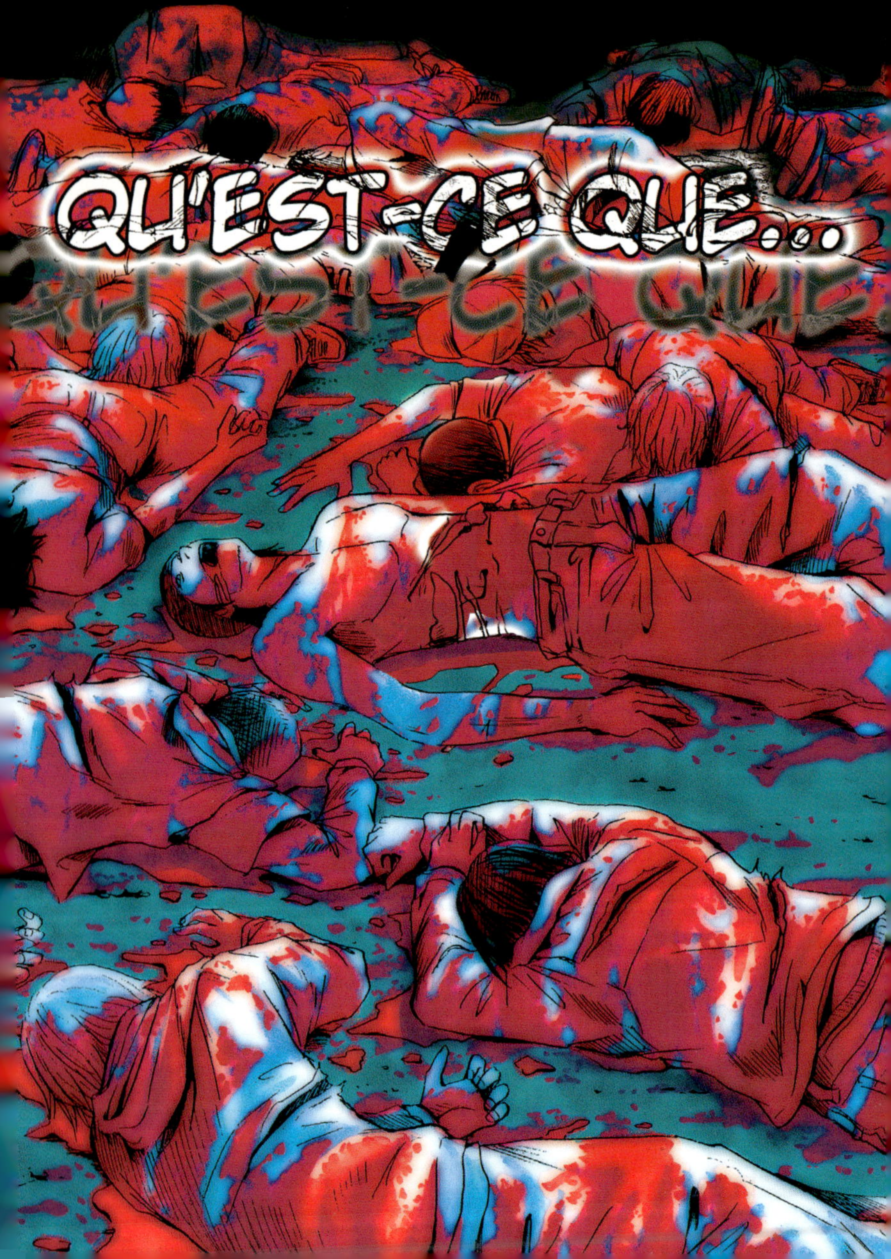
QU'EST-CE QUE...

TU ME VEUX... ?

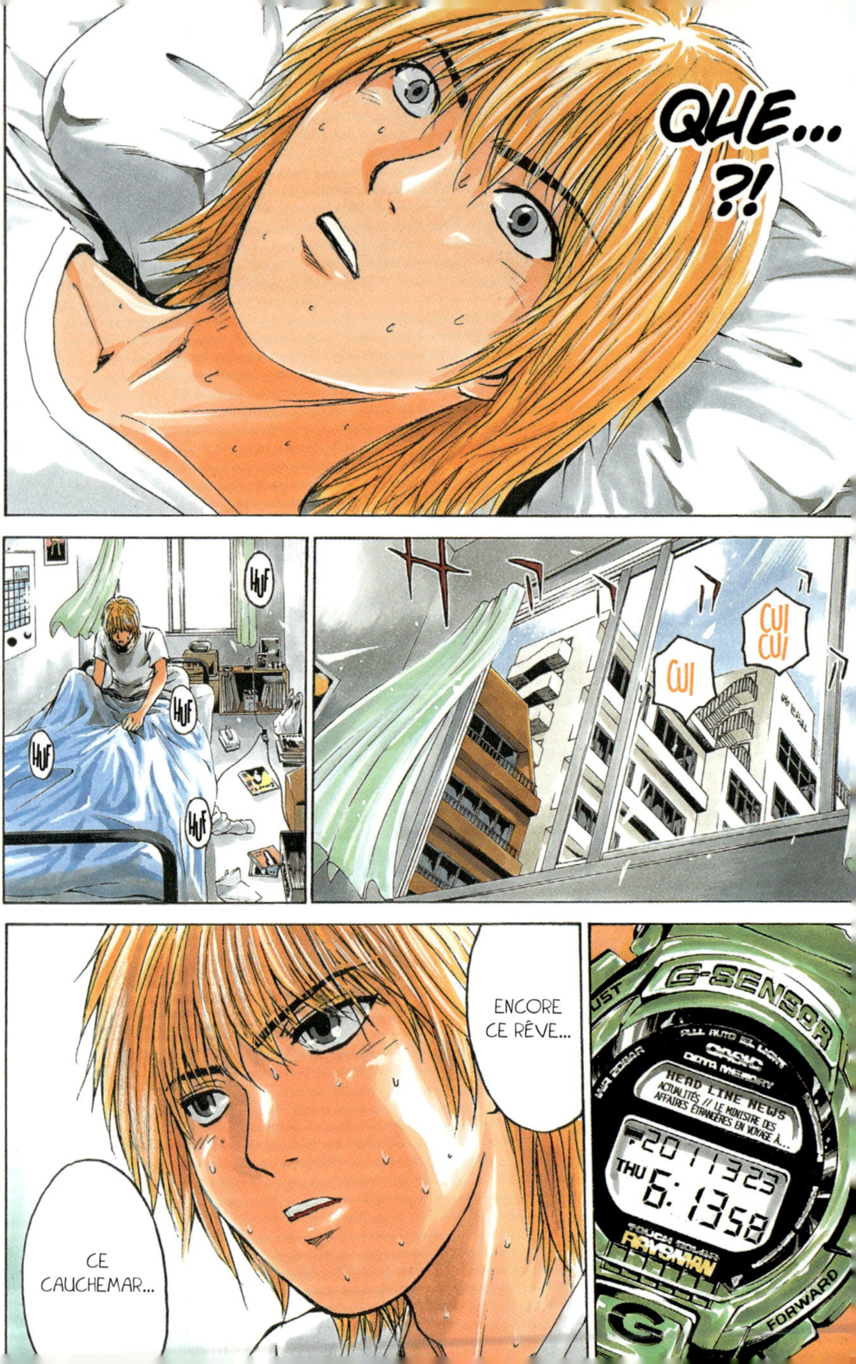
QUE... ?!
CUI CUI
CUI
HUF
HUF
HUF
HUF
G-SENSOR
HEAD LINE NEWS
ACTUALITÉS // LE MINISTRE DES AFFAIRES ÉTRANGÈRES EN VOYAGE À...
2011323
THU 6:13 58
FORWARD
ENCORE CE RÊVE...
CE CAUCHEMAR...

AH, JE DÉTESTE ÊTRE RÉVEILLÉ COMME ÇA...
MARRE...
TOKYO, ANNÉE 2011...
LA CAPITALE JAPONAISE CONNAÎT UNE HAUSSE INEXPLIQUÉE DE MYS-TÉRIEUX MEURTRES DE MASSE...
三井住友UFJ銀行
レイク
デジタル放送新時代
当ビル向い
ヨドバシカメラ
S-DVD 新発売
SONY
タタン
タタン
タタン

ÉPISODE 1

THOU ART THE...

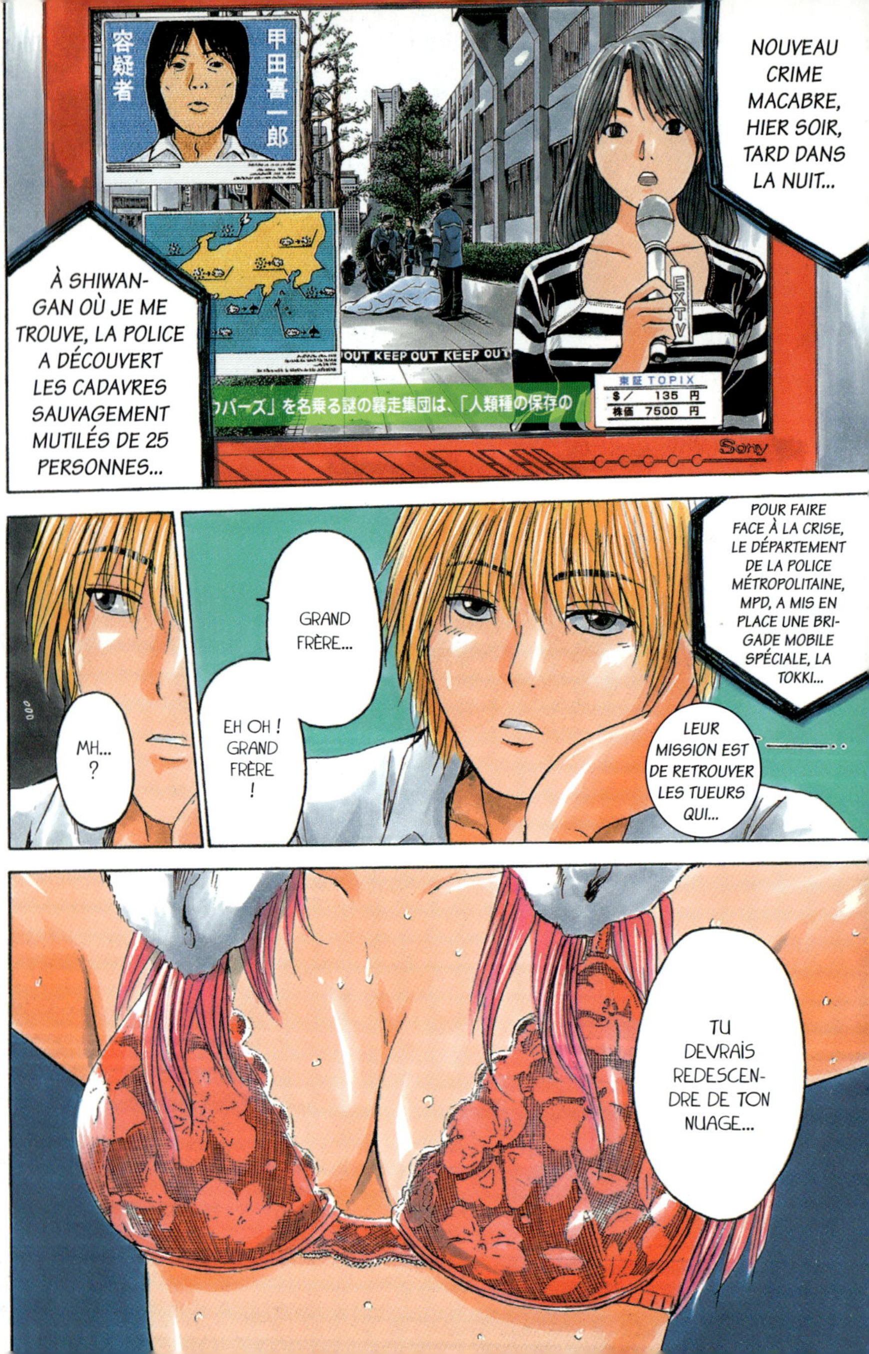

容疑者
甲田喜一郎
NOUVEAU CRIME MACABRE, HIER SOIR, TARD DANS LA NUIT...
À SHIWAN-GAN OÙ JE ME TROUVE, LA POLICE A DÉCOUVERT LES CADAVRES SAUVAGEMENT MUTILÉS DE 25 PERSONNES...
KEEP OUT KEEP OUT
EXTV
パーズ」を名乗る謎の暴走集団は、「人類種の保存の
東証 TOPIX
$/ 135 円
株価 7500 円
Sony
POUR FAIRE FACE À LA CRISE, LE DÉPARTEMENT DE LA POLICE MÉTROPOLITAINE, MPD, A MIS EN PLACE UNE BRIGADE MOBILE SPÉCIALE, LA TOKKI...
LEUR MISSION EST DE RETROUVER LES TUEURS QUI...
GRAND FRÈRE...
EH OH ! GRAND FRÈRE !
MH... ?
TU DEVRAIS REDESCENDRE DE TON NUAGE...

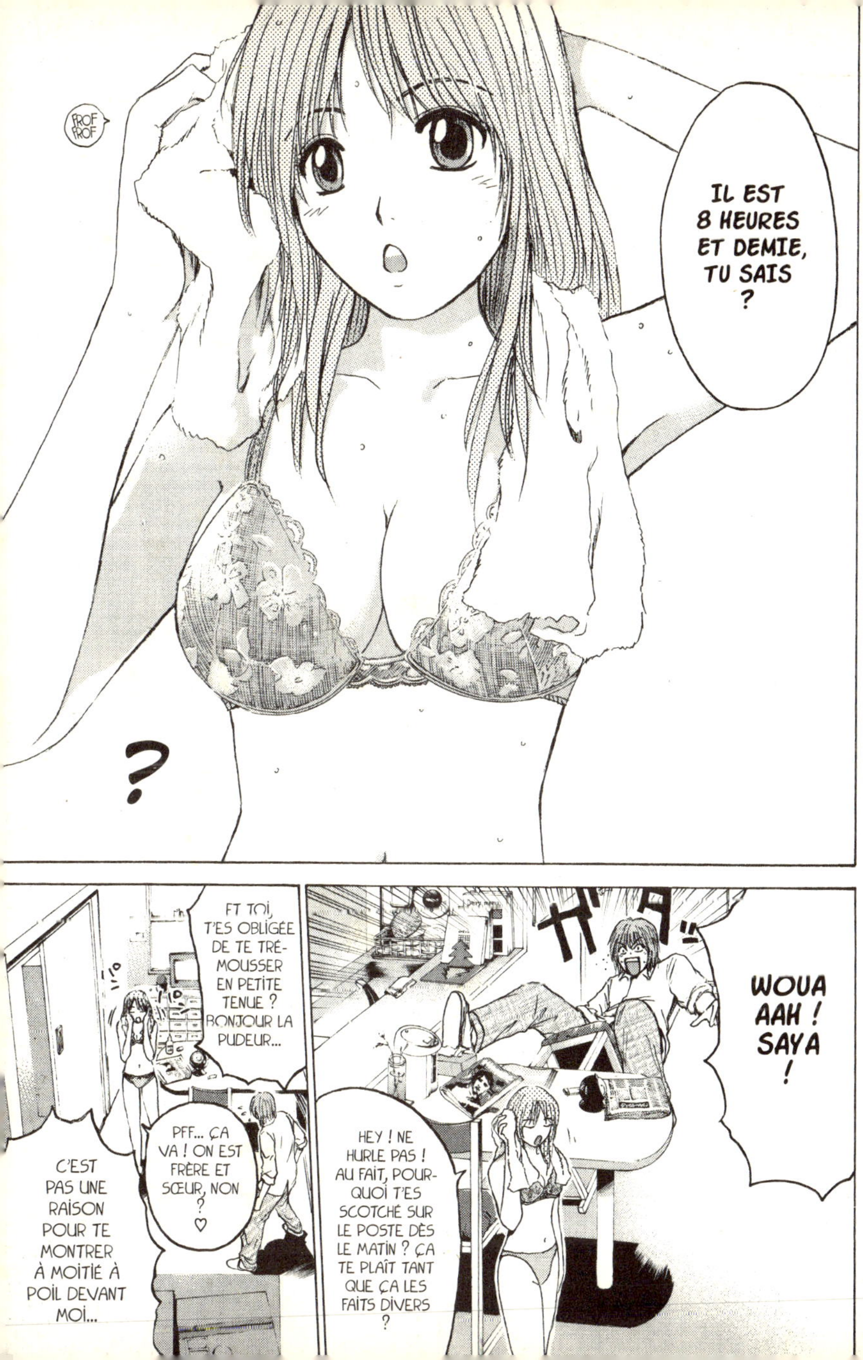
IL EST 8 HEURES ET DEMIE, TU SAIS ?
FROF FROF
?
WOUA AAH ! SAYA !
HEY ! NE HURLE PAS ! AU FAIT, POURQUOI T'ES SCOTCHÉ SUR LE POSTE DÈS LE MATIN ? ÇA TE PLAÎT TANT QUE ÇA LES FAITS DIVERS ?
ET TOI, T'ES OBLIGÉE DE TE TRÉMOUSSER EN PETITE TENUE ? BONJOUR LA PUDEUR...
PFF... ÇA VA ! ON EST FRÈRE ET SŒUR, NON ? ♡
C'EST PAS UNE RAISON POUR TE MONTRER À MOITIÉ À POIL DEVANT MOI...

* ESPÈCE DE TAPIS DE PAILLE TRADITIONNEL. ON S'EN SERT AUSSI COMME UNITÉ DE MESURE (ÉQUIVAUT À 2 M²).

ÇA VA, ÇA VA, JE SAIS !
AH BON, TU ES SÛR ?! JE TE CONNAIS, MOI ! TU TE DÉFILES TOUT LE TEMPS...
QUICK
FERME-LA ! J'AI 24 ANS ! JE SAIS TRÈS BIEN CE QUE J'AI À FAIRE !
BEN, J'ESPÈRE, PARCE QUE...
TOUS CES MEURTRES... TOUS CES MASSACRES... TOUS CES CORPS MUTILÉS...
MOI, JE N'AIME PAS REGARDER LES INFOS...
C'EST PLUS FORT QUE MOI, À CHAQUE FOIS...
JE REPENSE À NOS PARENTS...
SAYA...

AH LÀ LÀ ! PAS DE SENTIMENTALISME ! MOI AUSSI, JE SUIS DANS LA POLICE QUAND MÊME !
TA CRAVATE EST DE TRAVERS !
ON S'ÉTAIT JURÉ DE NE PLUS PARLER DE ÇA !
OUPS ! DÉSOLÉE !
BONNE JOURNÉE, LIEUTENANT SHINDÔ !
PAPA ÉTAIT COMMISSAIRE, S'IL ÉTAIT ENCORE LÀ...
IL SE MOQUERAIT SÛREMENT DE MOI !
...

MERCI !
BONNE JOURNÉE À TOI AUSSI !
ET PAS DE BOURDE, HEIN ?
SOIS DISCRET !
ÇA VA ! LÂCHE-MOI !
ELLE A RAISON...
AUJOURD'HUI, JE SUIS LA TRACE DE MON PÈRE...
OH PUTAIN !
JE SUIS À LA BOURRE !
JE VAIS ÊTRE OFFICIER DE POLICE !
SUNTORY

JE TE LE JURE, PAPA...
J'ÉLUCIDERAI LE MYSTÈRE MACHIDA !

TOUTES MES FÉLICITATIONS POUR VOTRE TITULARISATION !
DÉPARTEMENT DE LA POLICE MÉTROPOLITA
BRIGADE MOBILE SPÉCIALE D'INVESTIGAT
CENTRE DE FORMATION
VOUS AVEZ SUIVI SIX MOIS DE FORMATION POUR DEVENIR OFFICIERS DE POLICE...
LE MPD, DÉPARTEMENT DE LA POLICE MÉTROPOLITAINE, A CRÉÉ, L'AN DERNIER, LA BRIGADE TOKKI POUR FAIRE FACE À LA MONTÉE DU TERRORISME ET DES MEURTRES DE MASSE...
VOUS ÊTES LA TROISIÈME PROMOTION À REJOINDRE LA BRIGADE TOKKI...
DES CRIMES INHUMAINS, DONT L'ATROCITÉ N'A D'ÉGALE QUE LEUR BARBARIE, FRAPPENT AVEUGLÉMENT NOS HABITANTS...
LA TOKKI, TOKUSHU KIDÔ SÔSA TAÏ, OU BRIGADE MOBILE SPÉCIALE D'INVESTIGATION EST SPÉCIALISÉE DANS LE TRAITEMENT DES AFFAIRES VIOLENTES : ATTENTATS, CRIMES GRATUITS...

LES CAS DE MEURTRES DE MASSE AVEC MUTILATIONS ET DÉMEMBREMENTS SONT SI NOMBREUX AUJOURD'HUI...
L'OPINION PUBLIQUE ET LES MÉDIAS SONT DE PLUS EN PLUS CRITIQUES ENVERS LA POLICE...
QUE CES AFFAIRES SONT DEVENUES LA PRIORITÉ DE LA BRIGADE...
IL N'Y A PAS DE MOT POUR DÉCRIRE LA SAUVAGERIE DE CES ASSASSINATS... ON DIRAIT QUE LES CORPS DES VICTIMES ONT ÉTÉ DÉCHIQUETÉS PAR DE GRANDS CARNIVORES...
CES HORREURS ME RAPPELLENT UNE AFFAIRE QUE JE NE CONNAIS QUE TROP BIEN...
EXERCEZ VOS FONCTIONS AVEC DIGNITÉ...
REPRÉSENTEZ VOTRE BRIGADE AVEC FIERTÉ ET HONNEUR...
UNE AFFAIRE QUI REMONTE À CINQ ANS, JAMAIS ÉLUCIDÉE... LE MYSTÈRE MACHIDA...

À PRÉSENT, JE VAIS LAISSER LA PAROLE À MONSIEUR ÔIZUMI, INSPECTEUR GÉNÉRAL ADJOINT DU MPD...
...
HIII !
DÉSOLÉ !
À PEINE LE CRIME COMMIS, VOUS DEVREZ ÊTRE SUR LES LIEUX POUR COMMENCER L'ENQUÊTE...
VOUS ALLEZ DEVOIR FAIRE PREUVE D'UNE TRÈS GRANDE RÉACTIVITÉ...
JE SUIS À LA BOURRE !
SURTOUT RESTER DISCRET...
NAAN !? T'ES EN RETARD, MÊME AUJOURD'HUI ?
JE LE CROIS PAS ! TU EN AS VRAIMENT RIEN À FOUTRE OU QUOI ? T'ES PARTI POUR RÉUSSIR, TOI... !
HEIN, LIEUTENANT SHINDÔ ?
MAIS TU VEUX PEUT-ÊTRE TE FAIRE VIRER ?
HANA-ZONO !

* UN DES QUARTIERS RÉPUTÉS DE TOKYO.

EUH...
HUM... EHEM !
JE VAIS MAINTENANT LAISSER LA PAROLE AU COMMANDANT HAMAZAKI DE LA BRIGADE TOKKI, POUR QUELQUES RECOMMANDATIONS...
ENFOIRÉ ! À CAUSE DE TOI, T'AS VU COMMENT IL NOUS A REGARDÉS, LE PRINCIPAL... ?
T'AVAIS QU'À PAS ARRIVER À LA BOURRE...
MAIS J'Y PENSE...
CE SERAIT PAS À CAUSE DE TON RÊVE PAR HASARD ?
CELUI AVEC LA FILLE TATOUÉE...

MH... ?
À L'ÉCOLE DE POLICE, C'ÉTAIT PAREIL, CHAQUE FOIS QUE TU FAISAIS CE RÊVE...
JE POUVAIS TE SECOUER, TE CRIER DESSUS, Y AVAIT RIEN À FAIRE, TU TE RÉVEILLAIS PAS...
OUAIS, PEUT-ÊTRE...
...
T'ÉTAIS COMPLÈTEMENT AILLEURS !
COMME SI TON ÂME S'ÉTAIT FAIT LA MALLE À DES MILLIERS DE KILOMÈTRES DE LÀ...
ET ÇA TE FAIT ÇA DEPUIS CE QUI EST ARRIVÉ À TES VIEUX...

C'EST DE PLUS EN PLUS FRÉQUENT DEPUIS QUELQUE TEMPS...
JE RÊVE D'ELLE TOUS LES... DEUX, TROIS JOURS QUASIMENT ; AVANT, C'ÉTAIT UNE FOIS LE MOIS... PAS PLUS...
...
ET PUIS, C'ÉTAIT FUGACE...
MAINTENANT, ÇA SE PRÉCISE... J'AI L'IMPRESSION QU'ELLE SE RAPPROCHE...
POUR TOUT TE DIRE, HANAZONO, JE FLIPPE...
ELLE ME FIXE DU REGARD... ET Y A PAS QU'ELLE, Y A AUSSI... DES ESPÈCES DE MONSTRES CAUCHEMAR-DESQUES...
C'EST COMME S'ILS M'APPELAIENT... QU'ILS ME CHERCHAIENT...
CARL JUNG A ÉCRIT QUE LES RÊVES SONT DES PROJECTIONS DE SOI... JE CROIS...
UNE MONTAGNE DE CADAVRES ENSAN-GLANTÉS...
UNE FILLE À MOITIÉ NUE AVEC... UN REGARD DÉSESPÉRÉ...
ALORS, CE RÊVE RÉCURRENT, CE SERAIT L'EXPRESSION DE MON DÉSIR... ?

CE SERAIT ÇA... ?
MON DÉSIR... ?!

ゴッ
AÏEUH ! MAIS ÇA VA PAS LA TÊTE ?!
QUEL AHURI ! ARRÊTE IMMÉDIATEMENT DE TE PRENDRE LA TÊTE !
LAISSE TOMBER JUNG, TU VAS TE BRÛLER DES NEURONES !
RETOUR À LA RÉALITÉ, À PARTIR D'AUJOURD'HUI, ON EST OFFICIERS À LA BRIGADE TOKKI !
T'AS PLUS QU'À TE PAYER UN RÉVEIL POUR ÊTRE À L'HEURE !
C'EST PAS TES RÊVES OU DES CITATIONS QUI VONT RÉSOUDRE NOS AFFAIRES... !

TU VEUX ASSOUVIR TA VEN-GEANCE, NON ?!
RETROUVER CEUX QUI ONT MASSACRÉ TES PARENTS...
ET LES AUTRES HABITANTS DE MACHIDA... JE ME TROMPE ?!

ALORS, TU TE PRENDS EN MAIN, BORDEL, ET TU FONCES...
FAIS ÇA POUR TES VIEUX... AFIN QU'ILS REPOSENT ENFIN EN PAIX !
VOILÀ, C'EST POUR ÇA QUE JE SUIS LÀ...
...
T'AS RAI-SON...

ET TOI...
TU M'AIDERAS ?
TOUJOURS...
C'EST POUR ÇA QUE JE ME SUIS PORTÉ VOLONTAIRE POUR SERVIR À LA TOKKI...

MACHIDA, OUEST DE TOKYO... CINQ ANS AUPARAVANT...
LES ÉVÉNEMENTS EURENT LIEU DANS UN COMPLEXE IMMOBILIER...
LE HILLSIDE HEIGHTS...
382 PERSONNES FURENT MASSACRÉES DANS LEUR LOGEMENT.
SOIT 97 % DES RÉSIDENTS...
DES 185 APPARTEMENTS SACCAGÉS...
LAMBEAUX DE CHAIRS MUTILÉES... MEMBRES ÉPARPILLÉS...
ET TOUT CE SANG...

SAYA ET MOI, ON A TOUT VU...
...
NOS PARENTS SONT MORTS DE CETTE FAÇON...
FROF
C'ÉTAIT D'UNE TELLE SAUVAGERIE QUE LA POLICE A DÉCLARÉ QU'IL NE POUVAIT S'AGIR QUE DE GRANDS CARNASSIERS...
...
MOI, MON IDÉE ÉTAIT DÉJÀ FAITE...

J'AVAIS LA CERTITUDE ABSOLUE...
...
QUE ÇA NE POUVAIT PAS ÊTRE DES ANIMAUX...

J'AI PRIS MA DÉCISION CE JOUR-LÀ : JE DEVIENDRAI FLIC...
POUR VENGER MES PARENTS !
J'ÉLUCIDERAI LE MYSTÈRE...
ET JE COINCERAI LES COUPABLES !
UNE DÉPÊCHE VIENT DE TOMBER : LE TUEUR EN SÉRIE A DE NOUVEAU FRAPPÉ...
ENCORE LE TUEUR ?!
LE MEURTRIER A SAUVAGEMENT ASSASSINÉ HUIT SQUATTEURS DANS UN BÂTIMENT DÉSAFFECTÉ DE SHINJUKU, QUI...
PUTAIN, C'EST DE PLUS EN PLUS N'IMPORTE QUOI, CETTE VILLE !
T'INQUIÈTE, VIEUX...
MAINTENANT QUE JE SUIS À LA TOKKI, JE VAIS VITE TE LEUR PASSER LES MENOTTES, À TOUS CES SAUVAGES !

ÇA
VA PAS
TRAÎNER...

COMME IL SE LA PÊTE !
TOUT L'INVERSE DE TOUT À L'HEURE !
FAIS-MOI CONFIANCE !

MH...
?

QUOI, QU'EST-CE QU'IL Y A ?
NON RIEN... J'AI CRU VOIR QUELQU'UN...

TUT TÛÛT !
ALORS ! TU ES ARRIVÉ À L'HEURE, FINALEMENT ?
COUCOU, GRAND FRÈRE !
MAIS... SAYA ?!
HIIK
シュル シュル
QU'EST-CE QUE TU VIENS FAIRE ICI ? TU DEVAIS PAS ÊTRE EN TRAIN DE PATROUILLER ?!
OU DE METTRE DES PV...
BEN, COMME JE M'INQUIÉTAIS POUR TOI, J'AI FAIT UN PETIT DÉTOUR VITE FAIT...
LÂCHE-MOI UN PEU...
JE N'SUIS PLUS UN GAMIN !
AH OUI... GRAND FRÈRE ! JE TE PRÉSENTE MIKAÉ ! ON EST DE LA MÊME PROMO...
ENCHANTÉE !
HUM... SALUT !
TU SAIS QUOI ? ELLE CHERCHE UN PETIT AMI...
JE LUI AI MONTRÉ UNE PHOTO DE TOI... ELLE A TROP CRAQUÉ !
QUOI ?! MAIS...
DE QUOI JE ME MÊLE ?!

* RENCONTRES ORGANISÉES.

BON, SALUT ! BONNE JOURNÉE ! ET NE RÊVE PLUS DE JEUNES FILLES TOUTES NUES !
VA TE FAIRE VOIR !
ELLE EST PAS POSSIBLE, CELLE-LÀ !
TU DIS ÇA, MAIS TU LA TROUVES SUPER TA SŒUR... ET ELLE AUSSI, ELLE T'ADORE ! ♡
JE COMPRENDS MIEUX TES PENCHANTS COUPABLES...
CARRÉMENT, MÊME...
ピクッ…
HANAZONO, TU ES UN HOMME MORT !
HA, HA, HA, HA ! MAIS JE BLAGUE ! JE BLAGUE !
DU NERF, JEUNE ESCOUADE TOKKI DE TACHIKAWA ! EN AVANT !
ALLEZ !

FIERS OFFICIERS DU SECTEUR TACHIKAWA, EN AVANT !
EN AVANT !
HUF
HUF
HARDI, MESSIEURS ! DE L'ÉNERGIE !
...
...
BEN, ILS ONT DU COURAGE, À TACHIKAWA...
ÇA RIGOLE PAS...
LE CHEF DE SECTEUR ÉTAIT COMMANDANT DE LA 6E UNITÉ DE CRS... ON LE SURNOMMAIT LE TORTIONNAIRE...
AVEC LUI, C'ÉTAIT LE RÉGIME DES 500 POMPES...
TOUS LES SOIRS...
DU NERF ! ALLONS !
LE DOS DROIT !
ALLEZ !
ON A DE LA CHANCE D'ÊTRE À SHIBUYA, NOUS...
J'ALLAIS LE DIRE...
TU TROUVES PAS ÇA BIZARRE, TOI, QU'ILS AIENT FAIT UN SECTEUR À SHIBUYA ?
POURQUOI ?
BEN, Y A DÉJÀ LE SECTEUR SHINJUKU, C'EST PAS LOIN...
AVEC LEURS LOCAUX NEUFS, DEPUIS CETTE ANNÉE...
C'ÉTAIT SI CRAIGNOS, SHIBUYA ? J'AI PAS SOUVENIR...
NON MAIS, OUAIS, D'ACCORD... C'EST POSSIBLE QUE ÇA AIT CHANGÉ...
TOUTE FAÇON, TOUT PART EN COUILLE DANS CETTE VILLE... C'EST L'ESCALADE DU CRIME...
ズ

MH...
?

T'AS VU ÇA ? ELLE PORTAIT UN INSIGNE D'INSPECTEUR ADJOINT, JE CROIS...
D'INSPECTEUR ADJOINT ?! DE STAGIAIRE TU VEUX DIRE !
ELLE A PAS 18 ANS, LA GONZESSE...
NON NON, J'AI BIEN VU, J'AI PAS RÊVÉ !
ピタッ
クルッ
MH... ?
スタスタ
ピタ

ET ALORS, ON NE SALUE PAS ?
PARDON ?
LE SALUT À SON SUPÉRIEUR...
VOUS ÊTES AVEUGLES OU QUOI ?
JE SUIS INSPECTEUR ADJOINT !
FRUP FRUP
DÉSOLÉS, MADAME L'INSPECTEUR ADJOINT !
MAIS Y A PAS DE QUOI, VOYONS... VOUS ÊTES LES NOUVEAUX ? LA 3E PROMO, C'EST ÇA ?
TU ES MIGNON, TOI, DIS-MOI !
C'EST QUOI, TON NOM ?
SHINDÔ... !
SHINDÔ... ? ENCHANTÉE !
FROF
TU ME PLAIS BIEN, TOI...

ÇA TE DIRAIT, UNE RECOMMAN-DATION POUR VENIR...
CHEZ NOUS ?
ペロッ
?!
バッ
MM MH...
C'EST BIEN CE QUE JE PENSAIS...
J'ADORE CE GOÛT... C'EST CELUI QUE JE PRÉFÈRE...
INSPECTEUR ADJOINT SUZUKA ! QU'EST-CE QUE VOUS FAITES ?! NOUS SOMMES PRESSÉES !
TOUT DE SUITE COMMISSAIRE IBUKI...
AU REVOIR, SHINDÔ !
...
VIENS NOUS VOIR SI ÇA NE MARCHE PAS À LA TOKKI...
...

TU SERAS LE BIENVENU !
N'HÉSITE PAS ! ♡
MAIS ENFIN, QU'EST-CE QUE VOUS FAISIEZ ?!
MAIS... C'EST QUI CELLE-LÀ ?!
RIEN, RIEN...
AUCUNE IDÉE, JE NE L'AVAIS JAMAIS VUE...
VOUS NE LA CONNAISSEZ PAS ? ELLE EST DE LA SECTION 2...
LA SECTION 2 ?!
OUAIS, LA SECTION 2... LE TOKUSHU KÔANBU AUTREMENT DIT, LE BUREAU SPÉCIAL DE LA SÛRETÉ NATIONALE... PLUS CONNU SOUS LE NOM DE...
TOKKÔ...
TOKKÔ ?! J'ÉTAIS PAS AU COURANT...
MAIS VOUS NE SAVEZ RIEN OU QUOI ?! C'EST UNE SECTION DE LA TOKKI...
MAIS ELLE EST RATTACHÉE À LA SÛRETÉ NATIONALE...
Y A UNE SECTION SPÉCIALE À LA TOKKI ?!
BEN ÇA, ALORS !

ENFIN, JE VOUS DIS ÇA, MAIS J'EN SAIS PAS PLUS...
...
...
...
ET, ELLE, LA BLONDE ! C'EST LE GENRE QUI NE COURT PAS LES RUES, ICI...
ARRIVER À À CE POSTE À **18 ANS,** FAUT LE FAIRE QUAND MÊME !
HEIN ?! ELLE A VRAIMENT 18 ANS ?!
C'EST PAS POSSIBLE !
C'EST CE QUI S'APPELLE AVOIR DE L'AVANCEMENT...
ILS NE PRENNENT QUE L'ÉLITE À LA SECTION 2 ! Y A QUE DES SURDOUÉS, IL PARAÎT... C'EST PAS POUR NOUS, LES GARS, C'EST PAS POUR NOUS...

MH ?
SHINDO !
HEY COUCOU !
INSPECTEUR ADJOINT SUZUKA !
WOAW ! C'EST UNE BÊTE ALORS, CETTE NANA !
ELLE A ARRÊTÉ LE TUEUR AUX 23 MEURTRES...
POURTANT À LA VOIR COMME ÇA, ON DIRAIT UNE LYCÉENNE BANALE !
ELLE TROMPE BIEN SON MONDE.
ENTRE NOUS, MIEUX VAUT PAS TROP FRICOTER AVEC LES GENS DU TOKKÔ...
CE SONT DES MALADES...
DES MALADES... ?!
OUAIS... EN PLUS DE LEUR ARME DE SERVICE, ILS ONT DES SABRES !
DES SABRES ?!

OUAIS... ET ILS S'EN SERVENT POUR...
DÉCOUPER DES GENS...
DÉ... DÉ... DÉCOU-PER DES GENS ?!
ARRÊTE TES CONNERIES !
C'EST PAS DES CONNERIES ! LE TUEUR EN SÉRIE DE GOTANDA, VOUS VOUS RAPPELEZ ?
AUX INFOS, ON A DIT QU'IL AVAIT ÉTÉ ABATTU... FAUX !
JE CONNAIS UN GARS QUI ÉTAIT SUR PLACE... IL A TOUT VU...

IL A VU LEURS SABRES PLEINS DE SANG...
C'ÉTAIENT EUX... CEUX DU TOKKÔ...

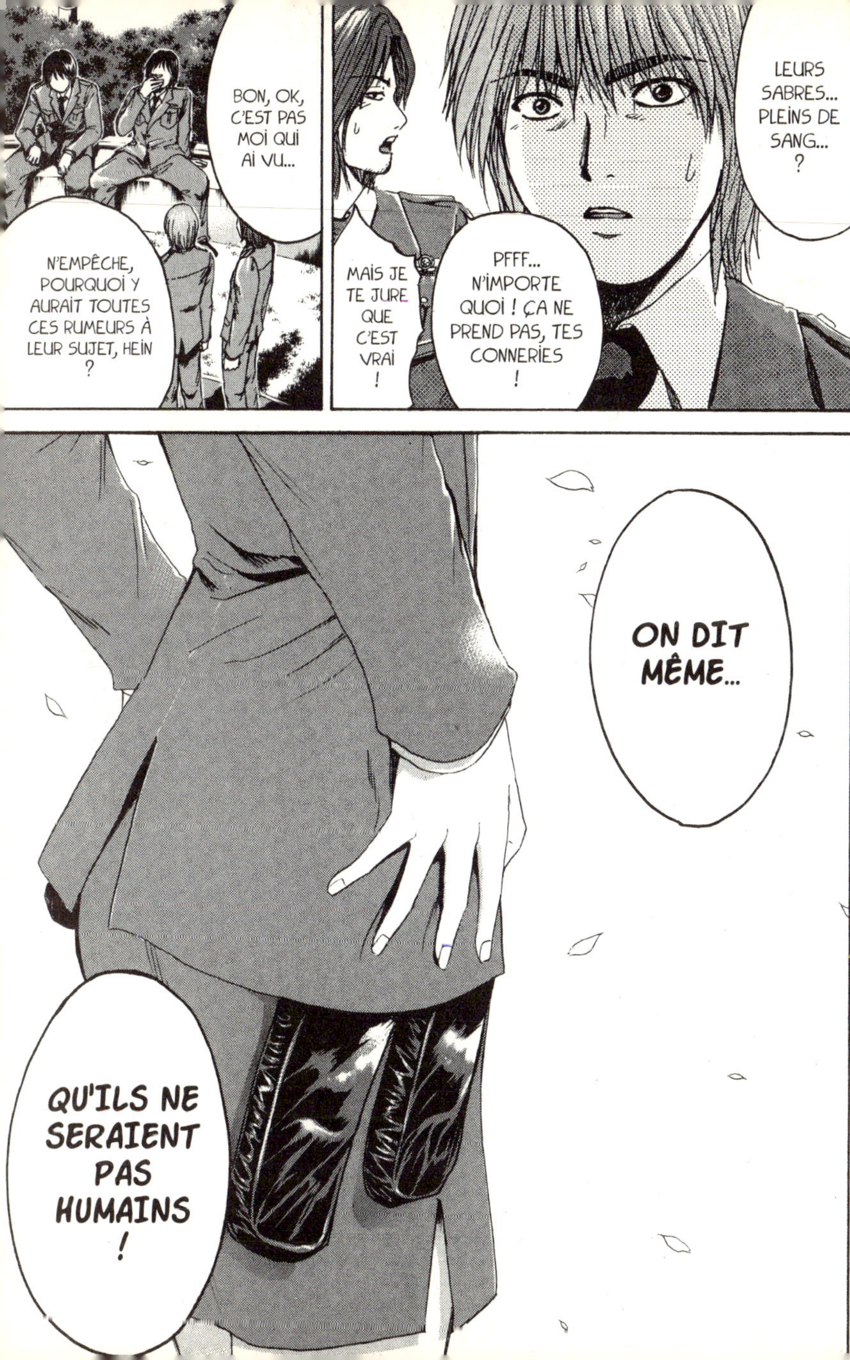
LEURS SABRES... PLEINS DE SANG... ?
PFFF... N'IMPORTE QUOI ! ÇA NE PREND PAS, TES CONNERIES !
MAIS JE TE JURE QUE C'EST VRAI !
BON, OK, C'EST PAS MOI QUI AI VU...
N'EMPÊCHE, POURQUOI Y AURAIT TOUTES CES RUMEURS À LEUR SUJET, HEIN ?
ON DIT MÊME...
QU'ILS NE SERAIENT PAS HUMAINS !

PAS HUMAINS ? BON, LAISSE TOMBER, MEC ! LES FILMS D'HORREUR, C'EST PAS MON TRUC !
...
TU FAIS CHIER ! DEMANDE AUX AUTRES, TU VERRAS QUE C'EST PAS DES CONNERIES !
MAIS... SI CE NE SONT PAS DES HUMAINS...
QU'EST-CE QU'ILS SONT, ALORS... ?!
UN PROBLÈME, SUZUKA ?
...
VOUS N'ARRÊTEZ PAS DE LES FIXER...
...
NON, C'EST JUSTE QUE QUAND J'AI LÉCHÉ LE GARÇON...
J'AI TROUVÉ QU'IL AVAIT LE GOÛT DE L'AUTRE CÔTÉ...
HEIN ? CE GARÇON... ?!

OH ?
HEY ! COUCOU ! SAKURA ! INUKAÏ ! ON EST LÀ !
MH... ?

QUOI, SHINDÔ ? QU'EST-CE QUI T'ARRIVE ?!
C'EST... OUAH ! C'EST... C'EST LA FILLE DE... DONT JE...
LA FILLE... ?
?
AH, ELLE ?! C'EST ROKUJÔ !
ROKUJÔ ?!
SAKURA ROKUJÔ... ELLE EST DE NOTRE PROMO...
QUOI ? AH BON ?!
SAUF QU'ELLE N'A QUE 18 ANS...
À LA VOIR AVEC EUX, C'EST CLAIR...
...
ELLE EST AFFECTÉE AU TOKKÔ...

QUOI ?!
FILE DU FEU ?
MH...
ELLE... ?!
AU TOKKÔ ?
J'Y COM-PRENDS PLUS RIEN...

LA FILLE QUE JE VOIS EN RÊVE...
ELLE ÉTAIT DE MA PROMO ?!

KRRK
!!

MAIS... QUE... ?!
KR
KRR
ゴゴゴゴゴゴゴ
ENCORE UN TREMBLEMENT DE TERRE ?!
KRUNK
ET C'EST PAS UN PETIT !
HIIII !
CE DÉLIRE ! ÇA ARRÊTE PAS EN CE MOMENT !
OUAIS, C'EST N'IMPORTE QUOI ! MAIS QU'EST-CE QUI SE PASSE À TOKYO ?

AH... IL Y EN A UN QUI A DÛ PASSER LA PORTE...
SERAIT-CE L'ARRIVÉE DU NUMÉRO 12... ?

ENCORE DU TRAVAIL POUR NOUS ALORS ! ♡
ゴ
ゴ
ゴ
ゴ

ゴ
ゴ

NOUS ALLONS DEVOIR REPARTIR...

À LA CHASSE !

KRK

STAP

HIN HIN HIN...

ÉPISODE 1 - FIN

TOKKÔ
L'éveil du Diable

TUT TÛÛT
SHIBUYA, TOKYO, AVENUE DU PARC...
T'AS DU YELLOW ?
OUAIS, 15 000 LA DOSE...
BON, VOILÀ 30...
23 H 00...
MERCI ET BON TRIP !
REVENEZ QUAND VOUS VOULEZ...
COOL, TAKU, ÇA MARCHE PLUTÔT BIEN LES AFFAIRES...
OUAIS, EN CE MOMENT, ÇA N'AR-RÊTE PAS !

À CAUSE DE TOUT CE QUI SE PASSE, LÀ, LES TUEURS EN SÉRIE... LES MASSACRES... LES TREMBLEMENTS DE TERRE...
STAP
TOUT LE MONDE CHERCHE À FUIR LA RÉALITÉ !
PLUS ÇA CRAINT, MIEUX C'EST POUR NOUS ! ♡
AU MOINS, LE YELLOW, C'EST EFFICACE...
KLAP
HEUREUSEMENT QU'ON EST LÀ POUR APPORTER UN PEU DE BONHEUR DANS CE MONDE CRUEL !
ズル...
HA HA HA HA HA !
LE PAYS DEVRAIT NOUS DÉCLARER D'UTILITÉ PUBLIQUE !
パキッ
PSHUF

ALLEZ... ENCORE VINGT DOSES À FAIRE PARTIR CE SOIR, ON VA DIRE...
EN DEUX, TROIS HEURES, CE SERA FAIT, TU VAS VOIR...
PLITCH
PUTAIN, SI TU TE SERS DANS LA MARCHANDISE, MANABU NE VA PAS APPRÉCIER...
KLAP
ARRÊTE ! ON REVENDRA JUSTE UN PEU PLUS CHER, C'EST TOUT...
ON DIRA QUE C'EST LA TVA... HA HA HA...
MMMMH... OH C'EST TROP BON, LE YELLOW...
MH... ?
PLATCH
?

C'EST QUOI CE MEC ? QU'EST-CE QU'IL FOUT À POIL... ?
...
EH TOI, LÀ ! QU'EST-CE TU REGARDES ? DÉGAGE !
STAP
STAP
STAP
TU VEUX MA PHOTO ? OOOH !
T'ES SUR LE TERRITOIRE DE MANABU ! SI TU VEUX PAS QU'IL T'ARRIVE DES BRICOLES...
TAKU, ATTENDS, REGARDE...

IL PORTE UN TRUC BIZARRE...
QUOI... ?!
OH PUTAIN ?!
PLIC
PLIC
WOUAA-AAAHHH !
PLIC
PLIC
STAP
STAP
MAIS ATTENDS... MAIS... PUTAIN, MAIS... C'EST QUOI, CE PSYCHO-PATHE... ?!
JE SAIS PAS MAIS... VAUT MIEUX QU'ON DÉGAGE ! FAUT APPELER LES KEUFS !

RHHF

QUE... ? WOUA AAHH ? PUTAIN DE MERDE !
!
RGHH...
ボタ
ボタ
QUE... ?! PU...
ボタ

ドクン
PU... PUTAIN... QUI... ?!
ドクン
QUI T'ES... ?!
BLITCH BLATCH
ドクン
HIN !

GRAAAAAAAAAAAAA!

ÉPISODE 2

CES OMBRES DANS NOS BIÈRES

COMMISSARIAT UDAGAWA DE SHIBUYA - BUREAUX DE LA BRIGADE TOKKI.
BIEN... MON NOM EST KUNI-KIDA...
10 H 00...
ET JE SUIS VOTRE SUPÉRIEUR HIÉRAR-CHIQUE...
VOILÀ COMMENT ÇA SE PASSE ICI : LE PREMIER QUI N'ASSURE PAS, JE LE RENVOIE DIRECT À LA CIRCULATION !
CEUX QUI NE SE DONNENT PAS À FOND N'ONT RIEN À FOUTRE DANS CE SERVICE !
CAPITAINE KUNIKIDA, CHEF DE SECTEUR.

*TACHIKAWA EST SITUÉ À 26 KILOMÈTRES DE SHIBUYA.

HARDI, FIERS OFFICIERS DU SECTEUR TACHIKAWA, ON EST PRESQUE ARRIVÉS AU POINT DE RETOUR !
ALORS, DU NERF ! ALLEZ !
OUIII, CHEF !
J'VOUS ENTENDS PAS !
OUIIII, CHEF !
NON, ILS VIENNENT DE TASHIKAWA ?
FAUT CROIRE !
KUNIKIDA, C'EST UN ANGE, EN COMPARAISON, NON ?
...
IL PARAÎT QU'IL N'Y A PAS QU'À TACHIKAWA QU'ILS SUBISSENT ÇA... À ITABASHI, PAR EXEMPLE...
NOUS, ON A TROP DE CHANCE D'AVOIR UN TYPE DOUX COMME UN AGNEAU ! ET T'AS VU SES SOURCILS TRÈS FINS, FAÇON YAKUZA...
!
HA HA HA HA !
...

TU DISAIS ? DES SOURCILS TRÈS FINS, FAÇON YAKUZA, C'EST ÇA ?
KURIASHI-BARAI !
JE BLAGUAIS, CHEF ! JE... WOUAAHH ?
COMME SI VOUS AVIEZ LE TEMPS DE BLAGUER, AU BOULOT !
VOUS ALLEZ ME NETTOYER TOUS LES WC DE L'ÉTAGE ! EXÉCUTION ! OU JE VOUS RENVOIE À LA CIRCULATION !
À VOS ORDRES, CHEF !
MARRE...
C'EST TOUJOURS QUAND JE SUIS AVEC TOI QU'IL M'ARRIVE DES EMMERDES, J'AI REMARQUÉ !
MARRE, MAIS ALORS VRAIMENT MARRE !
ÇA VAUT LE COUP D'ÊTRE LIEUTENANT DE POLICE ET DE SE TAPER LES CHIOTTES !
PUTAIN, COMMENT TU PEUX OSER ? C'EST TOI QUI NOUS FOUS DANS LA MERDE, JE TE FERAIS DIRE...
TU POUVAIS PAS LA BOUCLER UN PEU... ?

BON À PART ÇA, TU AS AVANCÉ ?
QUOI AVANCÉ ?
OUI, AVANCÉ ! T'ES CON, OU QUOI ?
PSCCH !
FROUSCH FROUSCH
JE TE PARLE DE MACHIDA !
T'AVAIS PAS DIT QUE T'IRAIS VOIR LEUR BASE DE DONNÉES DÈS QUE TU SERAIS ICI... ?
HEIN ? AH, ÇA ?
OUAIS, JE SUIS ALLÉ VOIR... BEN, C'EST CLASSÉ TOP SECRET APPAREMMENT...
IL FAUT UN MOT DE PASSE POUR ACCÉDER AU DOSSIER... MAIS J'AI APPRIS UN TRUC QUAND MÊME...
TOUS LES CRIMES DE MASSE ATROCES ONT ÉTÉ PRÉCÉDÉS...
D'UN TREMBLEMENT DE TERRE...
QUOI ?
Y A DES TREMBLEMENTS DE TERRE...
AH BON ? T'ES SÛR ?
LE MASSACRE DE SHIWANGAN, 25 MORTS... TOUS LES CADAVRES DISLOQUÉS... LA VEILLE DE LA REMISE DES DIPLÔMES, TU TE RAPPELLES ?

BEN, LA TERRE A TREMBLÉ DANS LA NUIT...
ET OÙ... ? PAS LOIN DE SHI-WANGAN, JUSTE-MENT...
POUR MACHIDA, C'ÉTAIT PAREIL... Y A EU UN GROS TREMBLEMENT DE TERRE DANS LE COIN...
...
Y A DONC QUELQUE CHOSE...
UN LIEN DE CAUSE À EFFET...
PFFF... COMMENT TU ARRIVES À RELIER UN PHÉNOMÈNE GÉOLOGIQUE NATUREL À CES CRIMES DE PSY-CHOPATES ?
ASTIQUE AU LIEU DE DÉBLATÉRER DES THÉORIES À LA CON !
NATUREL ? T'ÉTAIS POURTANT LE PREMIER À DIRE QUE C'ÉTAIT PAS NORMAL QUE LA TERRE TREMBLE AUTANT ET SI FORT, NON... ?

MH... ?
FROUSCH FROUSCH
EH MAIS... ? CE NE SERAIT PAS... ?
AH, LE TOKKÔ ! ILS ENQUÊTENT SUR UN TRUC, J'AI ENTENDU...
UNE HISTOIRE DE TROU DANS LE SOL...
DE TROU... ?
HEY ! COUCOU ! WOUAH, DÉCIDÉMENT, T'ES A CROQUER, TOI ! HI HI...
INSPECTEUR ADJOINT SUZUKA !
...

OUAIS, UN TROU BÉANT... MAIS C'EST PAS CLAIR CE QUI SE PASSE...
FROUSCH FROUSCH
UN TREMBLEMENT DE TERRE ÉNORME QUI A EU LIEU LE JOUR DE LA REMISE DES DIPLÔMES...
ET QUI A OUVERT UNE GROSSE BRÈCHE DANS LE SOL, DERRIÈRE LE PARC MIYASHITA...
C'EST VACHEMENT PROFOND, IL PARAÎT...
ET TU SAIS CE QUE ÇA A RAMEUTÉ ? TOUTE UNE ÉQUIPE DE SCIENTIFIQUES DE L'ARMÉE !
OUAIS, NOS BONNES VIEILLES FORCES D'AUTO-DÉFENSE...
ET ILS ONT DESCENDU PLEIN D'APPAREILS DE MESURE OU JE SAIS PAS QUOI...
15
02
02
02

TU VEUX PARLER DE L'UNITÉ SCIENTIFIQUE DE RECHERCHE TACTIQUE DES FORCES D'AUTO-DÉFENSE ?
VOILÀ... ET LES MILITAIRES, ARMÉS JUSQU'AUX DENTS, ONT BOUCLÉ TOUT LE PÉRIMÈTRE...
KEEP OUT
TOUT ÇA PARCE QUE LE SOL S'EST EFFONDRÉ...
C'EST QUAND MÊME SACRÉMENT BIZARRE, NON ?
MMH... UN TREMBLEMENT DE TERRE... UNE BRÈCHE DANS LE SOL...

TOUT ÇA NE FAIT QUE CONFIRMER CE QUE JE TE DISAIS, ALORS !
CHPOUF
ARRÊTE ! ÇA N'A RIEN À VOIR ! JAMAIS TU ARRIVERAS À ME CONVAINCRE QU'IL Y A UN RAPPORT ! BON ALLEZ, BOSSE UN PEU !
KRRK
PLOTCH
!?

* DANS LA MYTHOLOGIE JAPONAISE, C'EST LE NAMAZU (POISSON-CHAT), PRISONNIER DANS LA FANGE SUBTERRESTRE, QUI PROVOQUE LES SÉISMES...

IL PARAÎT QUE C'EST PARTICULIÈREMENT CORSÉ...
IL Y A DES BOUTS DE CHAIRS SUR TOUS LES MURS...
HEIN ?
!?
ÇA SE PASSE OÙ ?
SHIBUYA, 1ER DISTRICT !
VITE !
INSPECTEUR ADJOINT !
OUI, COMMISSAIRE...
VOUS PENSEZ QU'ILS ONT COMMIS CES NOUVEAUX MEURTRES... ?

L'ENVOYÉ DU NUMÉRO 12...
A COMMENCÉ SON TRAVAIL...
?

SHIBUYA, 1ER DISTRICT, LIEUX DU CRIME...
BLA BLA BLA
BLA BLA BLA
KEEP OUT
14 H 00...
CLIC CLIC
24
PLIC
PLIC
RECULEZ ! RECULEZ, S'IL VOUS PLAÎT !
RECULEZ !
ワイ ワイ
KEEP OUT

CLIC
CLIC
...
CLIC

CLIC CLIC
JE N'AI JAMAIS VU ÇA... QUEL CARNAGE !
DES EXPLOSIFS... ?
C'EST CE QU'ON PENSERAIT AU PREMIER ABORD, MAIS... IL N'Y AUCUNE TRACE D'EXPLOSION...
QUOI ? LE CORPS A ÉCLATÉ EN MILLE MORCEAUX ET IL N'Y A PAS UNE TRACE D'EXPLOSION ?
AAA AAH !
...
CHAQUE PARTIE DU CORPS A ÉTÉ ARRACHÉE, CAPITAINE..
GNOK
ARRACHÉE ? ATTENDS... MAIS ALORS, C'EST QUOI ? UN OURS QUI A FAIT ÇA ?
EN PLEIN SHIBUYA ?!

JE NE PENSE PAS QUE CE SOIT UN OURS...
TU AS UNE AUTRE EXPLICATION ?
IL Y A UN TÉMOIN...
ガチガチ
UN TÉMOIN ?
JE... J'ÉTAIS... J'ÉTAIS VENU JUSTE POUR... ACHETER UNE PETITE DOSE DE...
ENFIN, VOUS... VOUS VOYEZ ! LE TRUC JAUNE !
ET LÀ... JE VOIS... ET LÀ... JE VOIS UN TYPE PAR TERRE ET... ET...
ET LÀ, JE REGARDE BIEN... ET...
J'ADORE NOIR
GRAK KROK
KROC

ユラ
C'ÉTAIT PAS HUMAIN... ÇA NON... ÇA L'ÉTAIT PAS...
C'ÉTAIT LE DIABLE ! IL AVAIT DES CORNES... DES GRIFFES... !
ET IL ÉTAIT EN TRAIN DE DÉVORER LES... LES... OH MON DIEU... C'ÉTAIT TROP HORRIBLE !

BON SANG !
LORS DU MAS-SACRE DE MACHIDA...
DES GENS ONT DÉJÀ DIT LA MÊME CHOSE...
C'EST EXACTE-MENT PAREIL !
HEIN ?
...
GNH
TU CROIS AUX DÉLIRES D'UN JUNKY ?
IL ÉTAIT SOUS LES EFFETS DE LA DROGUE QU'IL VENAIT DE PRENDRE...
J'AIMERAIS LE CROIRE... SEULEMENT VOILÀ...
RAPPELEZ-VOUS LES 32 MORTS DANS L'INCENDIE DE KAMÉIDO, LE MOIS DERNIER...
AH OUI... LE SUICIDE COLLECTIF D'UNE SECTE !

EH BIEN, UN TÉMOIN A VU QUELQUE CHOSE DANS LE BÂTIMENT EN FEU...
PAS DE TRACE DE SON TÉMOIGNAGE DANS LE DOSSIER OFFICIEL...
MAIS JE SAIS QU'IL A TÉMOIGNÉ...
ET CELA RESSEMBLAIT ÉTRANGEMENT À CE QU'ON VIENT D'ENTENDRE...
L'HOMME DISAIT AVOIR VU...
LA SILHOUETTE DU DIABLE...

IL Y A TROP DE COÏNCIDENCES !
TOUT ÇA N'EST PAS LE FRUIT DU HASARD...
...
J'AI L'IMPRESSION QU'ON FALSIFIE LES DOSSIERS...
SI CELA S'AVÈRE EXACT...
Hii !
C'EST LA PREUVE QUE QUELQU'UN...
CHERCHE DÉLIBÉRÉMENT À BROUILLER LES PISTES...

HIN... !
COMME ÇA, ON NOUS CACHERAIT UN DÉMON CORNU...
MURA-MASA !
MON-SIEUR !
VA FOUINER UN PEU DANS LES DOSSIERS... IL FAUT SAVOIR SI Y A PAS D'AUTRES CAS COMME CEUX-LÀ...
ET AUSSI...

IL FAUT DÉCOUVRIR À QUI TOUT CELA PROFITE...

QUI A INTÉRÊT À CE QUE LA VÉRITÉ SOIT CACHÉE DANS CETTE AFFAIRE...
CAPITAINE KUNIKIDA ! VENEZ VOIR !

1... 2... JE COMPTE TROIS VIC-TIMES...
LANCEZ UN APPEL AUX UNITÉS 1 ET 3 ! ON VA AVOIR BESOIN DE RENFORT, ET DÉLIMITEZ UN PÉRIMÈTRE DE SÉCURITÉ...
PFFF... QU'EST-CE QUE JE VAIS ÉCRIRE DANS MON RAP-PORT, MOI... ?
PROF
MH... ?

VEUILLEZ CIRCULER S'IL VOUS PLAÎT, VOUS NE POUVEZ PAS RESTER ICI, IL Y A UNE ENQUÊTE DE POLICE EN COURS...
ALLEZ, CIRCULEZ !
NON, NON, VOUS NE POUVEZ PAS RESTER, ALLEZ, S'IL VOUS PLAÎT... !
MAIS... QU... ?
EEH ?

!!
AAA ARGH !
!
KEIN ?
SCH
QU... ? MAIS... ?

…
スタッ
ドシャッ
PLIC
PLIC
PLIC
HARI-MOTO !
MAIS QU'EST-CE QUE C'EST QUE ÇA... ?
PAS... PAS UN GESTE OU NOUS FAISONS FEU !
TCHAK
TCHAK

STOMP
SUBAAARE
ビシ
QUE... ?
COUAAAAAAAAAAAAAAAAHHH !
BROUSCH
KROUSCH

ムクッ
!!
LES BALLES NE LEUR FONT RIEN... ?
C'EST IMPOSSIBLE !
RIIIIP
SCHRIIIP

MAIS... ?
HIK HIK HIK HIK HIK...
...
...
HAK HAK HAK HAK...
...
HIN HIN HIN HIN...
ILS ONT DES VISAGES SUR LE CORPS ?
HAK HAK HAK HAK HAK HAK !

DES... DES VISAGES QUI RIENT ?
!
ON S'EN FOUT ! TIREZ ! TIREZ !
TCHAK
PLUS DE SOMMATION ! TIREZ POUR TUER !
FLOSCH
...
FLOSCH
FLOSCH
FLOSCH
...
FLOSCH

!!
NON MAIS C'EST PAS VRAI !
TU VAS MOURIR À LA FIN... !
?!

...
STAP

ATTENDEZ, LÀ... ATTENDEZ...
...
...
CES TYPES...
...
CE SONT DES ZOMBIES, NON... ?!
O... DEUR...
JE SEN... LO... DEUR...
DU... SAN...
LEUR... SAN...
LO... DEUR DE LEUR... SAN...

LE... KEL... ?
LEKEL ESS... ?
LE SUR... VI... VAN...
OÙ É... LE SURVI... VAN...... ?
LE SURVI... VAN... LE SURVI... VAN...
O... DEUR... DU... SAN... MÊLÉ...
MOR... MOR... À CELUI... QUI A LO... DEUR DU... SAN... MÊLÉ...
MOR... À TOU LÉ... SAN... MÊLÉ...

CHEF ! QU'EST-CE QU'ON FAIT, CHEF ?
!
TCHAK
CE QU'ON FAIT ? MAIS APPELEZ DONC DES RENFORTS !
ET IL NOUS FAUT DES ARMES PLUS EFFICACES !
TOI, LE BLEU, TU Y VAS ! ON VA TE COUVRIR !
TCHAK
...
APPELLE LE QG D'UNE VOITURE ! ET VITE !
WOOF
!!
SHINDÔ !
AH...

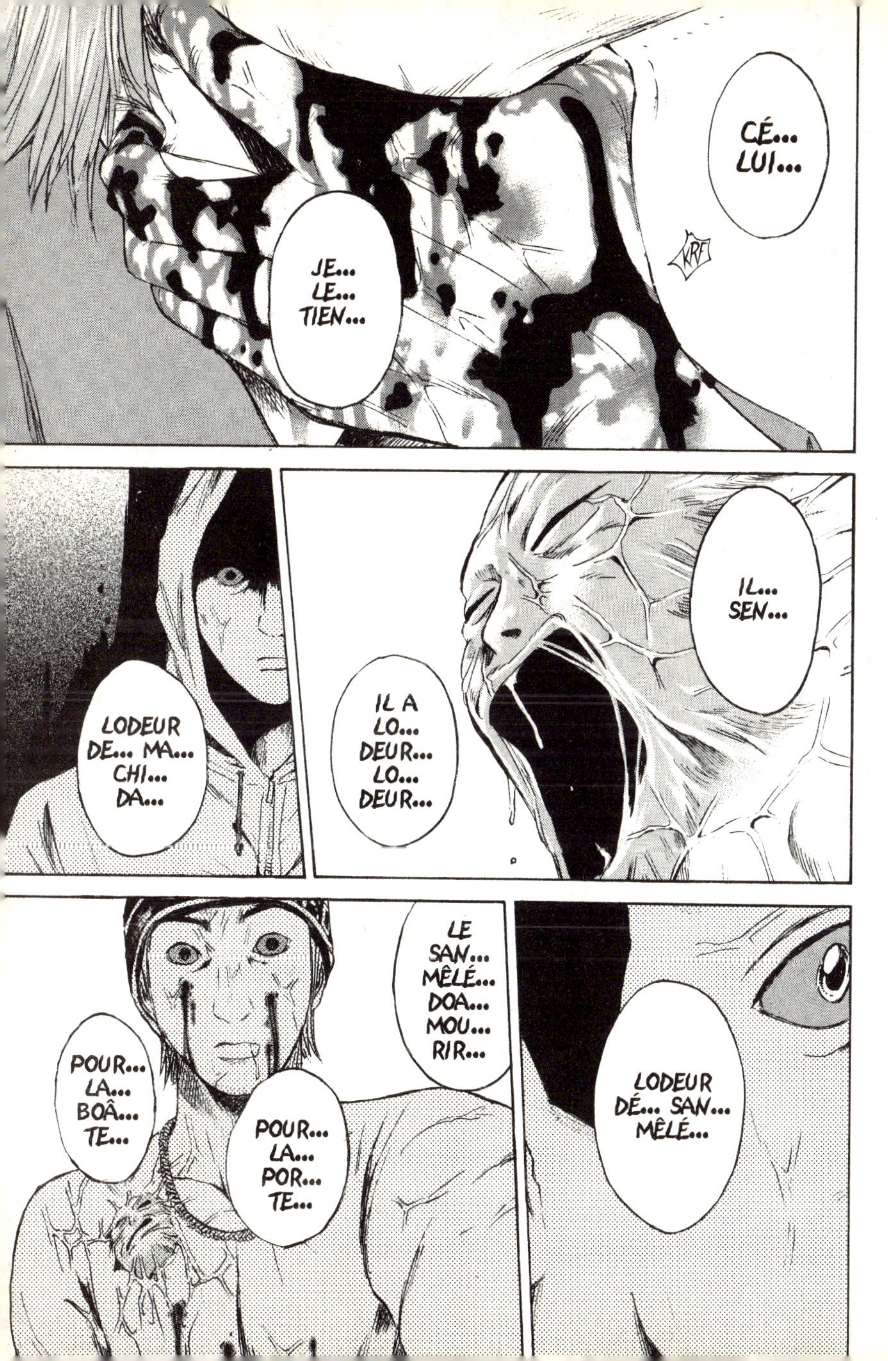
CÉ... LUI...
KRF
JE... LE... TIEN...
IL... SEN...
IL A LO... DEUR... LO... DEUR...
LODEUR DE... MA... CHI... DA...
LODEUR DÉ... SAN... MÊLÉ...
LE SAN... MÊLÉ... DOA... MOU... RIR...
POUR... LA... POR... TE...
POUR... LA... BOÂ... TE...

TOU... LÉ... TRÈTR...
...
DOA... V... MOU... RIR...
JE... COM-PRENDS...
PROF
RIEN À CE QUE TU DIS, PUTAIN DE ZOMBIE !
ARH... !?
TCHAK

CRÈVE PUTAIN DE DIEU WAAAAAAAAAAAHHRR
FRAF
INUTILE DE TIRER, ILS NE MOURRONT PAS... CES MALHEUREUX ONT ÉTÉ PARASITÉS PAR...
LES PROSOPOPODES...
QUOI ?

XLARGE
02

っ?

LA SEULE
SOLUTION...

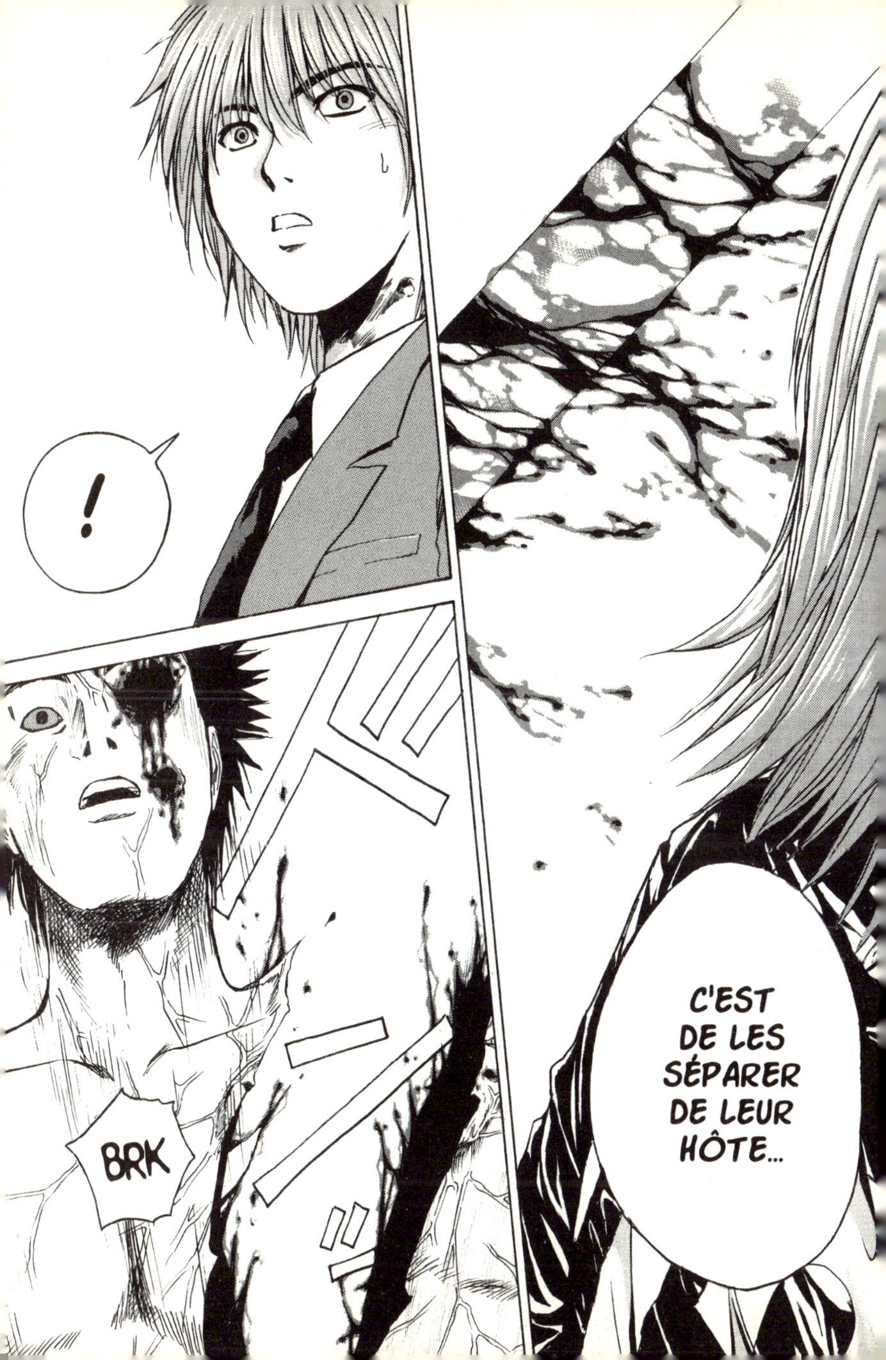
C'EST DE LES SÉPARER DE LEUR HÔTE...
!
BRK

!
?!
ズイ
。。

DES... SABRES ?
!!
HEY, LA SECTION 1 ! MERCI, MERCI ! VOUS AVEZ FAIT DU TRÈS BON TRAVAIL...
VOUS POUVEZ RENTRER À PRÉSENT...
KLATZ
LA SECTION 2...
VA PRENDRE LE RELAIS...

PLACE AU...
TOKKÔ !
SCHLINK

WOOF
REEEE
EEEEE
EEEEE

GREEEE... ?!
GREEE... ?!
GREE GREEEEEE... GREEE...
GRO GRO
DES SIGNES DU NUMÉRO 12 ?
NON, LES APPAREILS NE DÉCÈLENT AUCUNE PERTURBATION IONIQUE DE L'ATMOSPHÈRE...
ON N'A EU QUE LES BÉBÊTES, ALORS... ?!
MANQUÉ ! DOMMAGE...

QU'EST-CE QUE ÇA SIGNIFIE TOUT ÇA ?!
ET QUI C'EST CEUX-LÀ, EN COMBINAISON ISOLANTES ?
SÉCURISEZ LA ZONE !
PAS UN CHAT NE DOIT PASSER !
VITE !
L'ENQUÊTE DU TOKKÔ EST CONFIDENTIELLE, JE NE PEUX ABSOLUMENT RIEN VOUS DIRE, JE SUIS DÉSOLÉE !
SÛRETÉ NATIONALE, VOUS COMPRENEZ ?
QUOI ?!
SI JE COMPRENDS ? JE VIENS DE PERDRE CINQ HOMMES, MA PETITE !
QUI ÉTAIENT CES ZOMBIES ? VOUS LE SAVEZ !
C'EST VOUS, HEIN ?
COMME VOUS Y ALLEZ... !
C'EST VOUS QUI FALSIFIEZ LES INFORMATIONS !
NOUS NE FALSIFIONS JAMAIS LES INFORMATIONS, CAPITAINE...
MPD

NOUS
FILTRONS
JUSTE CELLES
QUE VOUS POUVEZ
CONNAÎTRE...

CELLES QUE NOUS POUVONS CONNAÎTRE ? AH BRAVO ! BRAVO !
HI HI HI !
C'EST DONC ÇA, LA SÛRETÉ !
CALMEZ-VOUS, CAPITAINE KUNIKIDA !
ILS NE FONT QUE LEUR BOULOT...
MAIS... ?!
ATTENDS, T'AS VU ÇA ? C'EST UNE... ESPÈCE D'INSECTE... À TÊTE HUMAINE !
...

C'EST QUI, CES GENS... ?!
QUE CHER-CHENT-ILS ?!
MPD
02
カッ
カッ
MH ?

ツ
特

ス

EXCUSE-MOI, TU HABITAIS LE HILL-SIDE HEIGHTS... AU 7E DU BÂTIMENT A ?
HEIN ?!
TU ES SHINDÔ, N'EST-CE PAS ?
AH, TU NE TE SOUVIENS PAS DE MOI... ?
JE DESSINAIS...
JE PASSAIS MON TEMPS À DESSINER PAR TERRE À LA CRAIE...
QUOI ?! MAIS ALORS, TU... ?!

OUI…
JE ME RAPPELLE…
MOI AUSSI, JE SUIS COMME TOI… UNE SURVIVANTE…
FAIS BIEN ATTENTION À TOI, SHINDÔ…
LES SURVIVANTS SONT LEURS PROIES…
CLIC CLAC
ZIP
LEURS PROIES… ?!

À QUI ?! À CES ZOMBIES AVEC DES VISAGES SUR LE CORPS... ?
LES PRÉTAS NE SONT QUE DES PANTINS...
LEUR MAÎTRE EST BIEN PLUS DANGEREUX...
LEUR MAÎTRE ?!
ATTENDS, ATTENDS... IL Y A UN LIEN... ?
ENTRE CE QUI ARRIVE LÀ...
...
ET CE QUI S'EST PASSÉ À MACHIDA... ?

JE NE TE RÉPON-DRAI PAS...
JE N'AI PAS LE DROIT DE DIVULGUER D'INFORMATIONS...
MAIS SOIS PATIENT...
TU AURAS LA RÉPONSE, UN JOUR...

TCHAK
SI TU EN ES UN VRAI...
...?
UN VRAI... ?!
UN VRAI QUOI ?! COMMENT ÇA ?! ATTENDS !
HI HI...
C'EST BIEN CE QUE JE PENSAIS... IL A QUELQUE CHOSE...

LE LIEUTENANT SHINDÔ DE LA TOKKI... ?
OUI... ♡
CETTE ODEUR NE TROMPE PAS...
C'EST UN SANG-MÊLÉ...
EKK
LEUR SANG COULE DANS SES VEINES...
C'EST DONC AUSSI UN SURVIVANT DE MACHIDA ?!
EXACTEMENT...
EKK
EKK
IL RISQUE BIEN D'AVOIR LE MÊME DESTIN QUE NOUS...

IL DEVIENDRA LE CINQUIÈ-ME SANG-MÊLÉ...

...
LE CINQUIÈME CHASSEUR...

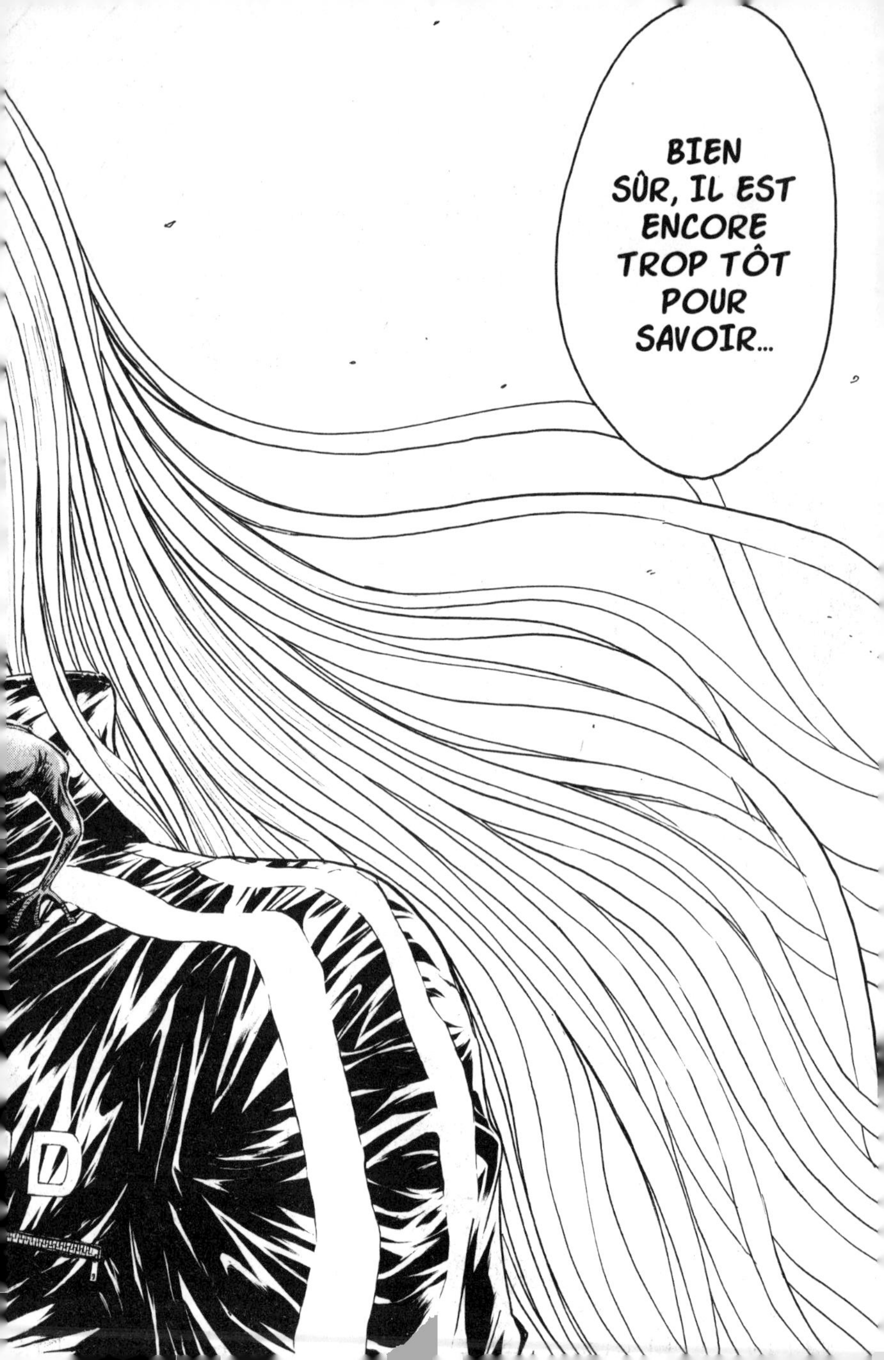
BIEN SÛR, IL EST ENCORE TROP TÔT POUR SAVOIR...

S'IL SERA UN ENNEMI OU UN ALLIÉ...

ユラ
ÉPISODE 2 - FIN

COMMISSARIAT UDAGAWA DE SHIBUYA, BUREAUX DE LA TOKKI...
KLATA KLAK
BIP
20 H 20...
マイ コンピュータ
J'AI ÉPLUCHÉ TOUS LES RAPPORTS LIÉS À DES AFFAIRES DE MEURTRES AVEC...
MUTI-LATIONS ET DÉMEMBRE-MENTS...
J'AI TROUVÉ NOMBRE DE TÉMOI-GNAGES QUI PARLENT DE DIABLES OU DE DÉMONS...
PRÈS DE 7 CAS SUR 10...
BIEN SÛR, ON Y PARLE AUSSI DE PERSONNES AVEC...
DES VISAGES QUI NE SONT QUE DES ESPÈCES DE BOURSOU-FLURES...

ÉPISODE 3
DANS LE SILLAGE DU MAL

C'EST PAS VRAI ! MAIS ALORS... C'EST QUOI, CES DÉMONS ET CES ZOMBIES ?!
QUELQUE CHOSE DE PAS TRÈS HUMAIN, REGARDEZ...
QU'EST-CE QUE C'EST ÇA ?
GRÂCE À UNE SOURCE, J'AI PU AVOIR QUELQUES PHOTOS DES RAPPORTS SECRETS DU TOKKÔ...
IL SEMBLE QU'IL S'AGISSE DE LA MAIN DROITE D'UN DES AUTEURS DE CES MYSTÉRIEUX MASSACRES EN SÉRIE...
QUOI... ?!

ÇA, LA MAIN D'UN DES ASSASSINS... ?
QUANT AUX ZOMBIES AUXQUELS ON A EU AFFAIRE HIER...
ILS SERAIENT JUSTE MANIPULÉS PAR EUX...
COMMENT ÇA ?
ILS UTILISENT APPAREMMENT UNE SORTE D'INSECTE QUI EST CAPABLE DE PRENDRE LE CONTRÔLE DE N'IMPORTE QUI...
UN INSECTE QUI A UN VISAGE...
QUOI, CES HORRIBLES CHOSES... ?!
IL Y AURAIT DE PLUS EN PLUS DE TÉMOINS OCULAIRES DE CES... CES BIEN ÉTRANGES MONSTRES, DEPUIS LE MASSACRE DE MACHIDA, IL Y A CINQ ANS...
LE MASSACRE DANS LES IMMEUBLES... ?
OUI... ET QUE DE COÏNCIDENCES ! LES VICTIMES DE MACHIDA ONT TOUTES ÉTÉ MUTILÉES, DÉMEMBRÉES...

ET SI... JE DIS BIEN "SI" NOUS DONNONS CRÉDIT À CES TÉMOIGNAGES SINGULIERS... ALORS LES AUTEURS DE CES CRIMES ABOMINABLES...
ON AVAIT ALORS PARLÉ D'ANIMAUX SAUVAGES, DE GRANDS CARNASSIERS... MAIS SI L'ON REJETTE CETTE HYPOTHÈSE QUI, DE TOUTE FAÇON, NE TIENT PAS....

NE SONT PAS TOUT À FAIT HUMAINS... ET LÀ, TOUT S'ÉCLAIRCIT ! TOUS CES MEURTRES DE MASSE JAMAIS ÉLUCIDÉS PEUVENT L'ÊTRE...

TOUT CECI N'EST QU'UNE HYPOTHÈSE, ÉVIDEMMENT...
CAR SI LES COUPABLES NE SONT PAS HUMAINS, QUI OU QUE SONT-ILS EXACTEMENT... ?
...
PRÈS DU PARC MIYASHITA, SHIBUYA, 21 H 00...
HA HA HA HA !

MH... ?
QU'EST-CE QUE TU VEUX, TOI ?

ベチャ
ベチャ
ベチャ
GREE...
PLIC
PLIC
パタ
!!
QUE... ?
GREEE GREE !
OUAAAAAAHH ?!

SCHLOF
バタ
AAARGH !
バタ
GREE...
ピタ
GREEE... GREE...
HEIN ? MAIS QU'EST-CE QUE... ?
OUA-AAHH ?!

ペタ
ズイ..
GREE...
GREEE...
GREE...
コク
GREE...
GRE
EE...

SLURP...

BROKK
BROKK
AGRA
AAAA
AAAA
AAA

COMMISSARIAT UDAGAWA DE SHIBUYA. BUREAU DE LA DIRECTION...
VOUS DEMANDEZ QUE LES ÉLÉMENTS D'ENQUÊTE DU BUREAU SPÉCIAL DE LA SÛRETÉ NATIONALE SOIENT RÉVÉLÉS AU PUBLIC... ?!
VOUS N'AVEZ QU'À JETER UN ŒIL DANS LES DOS-SIERS, VOUS COMPRENDREZ !
TOUT PORTE À CROIRE QUE DES... INDIVIDUS TRÈS MALINTENTIONNÉS SILLONNENT NOS RUES ! LA SÛRETÉ DOIT FAIRE CES RÉVÉLATIONS !
VOUS N'Y PENSEZ PAS ! NOUS AVONS LU VOTRE RAPPORT D'ENQUÊTE...
...
DES MORTS VIVANTS AVEC DES VISAGES INCRUSTÉS SUR LE CORPS ?
HA HA HA ! JE N'AI JAMAIS RIEN LU D'AUSSI FARFELU !
QUI PEUT AVOIR DES VISAGES INCRUSTÉS SUR LE CORPS... ?
JE PENSE QUE VOS YEUX VOUS ONT ABUSÉ...
ENFIN, QUOI QU'IL EN SOIT, NOUS NE POU-VONS SATISFAIRE VOTRE REQUÊTE. MÊME SI NOUS LE VOULIONS NOUS N'AVONS AUCUN POUVOIR DE DÉCISION DE CE TYPE...
UN PEU DE SÉRIEUX ! C'ÉTAIENT LEURS GILETS PARE-BALLES, TOUT SIMPLEMENT. JE NE VOIS PAS D'AUTRE EXPLICATION...
ÉCOUTEZ... VOTRE DEMANDE EST NON SEULEMENT IRRECEVABLE MAIS VOTRE HISTOIRE FRISE LE RIDICULE, INSPECTEUR...

SI VOUS PRENIEZ DES VACANCES, KUNIKIDA... ?
PARTEZ VOUS REPOSER TRANQUILLEMENT QUELQUE PART, DANS LES ÎLES DU SUD, PAR EXEMPLE...
?
ALORS ?
ALORS RIEN DU TOUT ! C'EST DU TEMPS PERDU !
ENCORE DES ADMI-NISTRATEURS BORNÉS QUI NE COMPRENNENT QUE QUAND IL EST TROP TARD...
TANT PIS, ON VA ALLER FOUINER DU CÔTÉ DU TOKKÔ ET ON RÉUNIRA DES PREUVES...
DE QUOI LEUR CLOUER LE BEC À CES CRÉTINS !

BIEN... COMMENÇONS PAR MACHIDA... !
ET J'AI UN PETIT NOUVEAU QUI TRAVAILLE AU LABO, IL DEVRAIT POUVOIR NOUS AIDER...
VOILÀ, IL FAUT RÉUNIR TOUT CE QU'ON PEUT... ON VA ÉTOFFER NOTRE PETIT DOSSIER... !
LA RÉPUTATION DE LA SECTION DE SHIBUYA VA PEUT-ÊTRE EN PÂTIR...
MAIS JE REMUERAI CIEL ET TERRE...
LE TOKKÔ ADORE RÉCUPÉRER NOS ENQUÊTES...
MAIS ÇA SUFFIT, MAINTENANT !
FOI DE KUNIKIDA !

INSPECTEUR ! VENEZ VITE, ON A REPÉRÉ DES TUEURS EN SÉRIE !
ET ALORS ?! C'EST À LA CRIMINELLE QU'IL FAUT ALLER DIRE ÇA !
JUSTEMENT, C'EST LA CRIMINELLE QUI VOUS DEMANDE !
QUOI, QU'EST-CE QUI SE PASSE ?
ILS ONT PERDU DES HOMMES DÉJÀ... APPAREMMENT, LES SUSPECTS NE SONT PAS... ORDINAIRES...
J'AVAIS PEUR D'AVOIR MAL COMPRIS MAIS ILS L'ONT BIEN RÉPÉTÉ...
LES COUPS DE FEU NE LEUR FONT RIEN !
!?

FEU !
BOM
!!

INSPECTEUR KUNIKIDA...
OUI, CE SONT EUX... LES REVOILÀ...
C'EST PAS VRAI ?! QU'EST-CE QUE... ?!
ARRÊTEZ ! N'AVANCEZ PLUS OU... !
KTM
LES ZOMBIES AU CORPS INCRUSTÉ DE VISAGES...
CES TYPES QU'ON JURERAIT ORDI-NAIRES...

MAIS
QUI N'ONT
PLUS RIEN
D'HUMAIN...

TIREZ !
BLAM BLAM
ÇA NE LEUR FAIT RIEN, CAPI-TAINE ! RIEN !
C'EST PAS VRAI ! C'EST PAS POSSIBLE... ?!

HIN !
ÉPISODE 3 - FIN (À SUIVRE)

TOKKÔ 1
ONE

L'éveil du Diable

BONUS

LES CENDRES DE « TOKKÔ »

- RÉSUMÉ
- PERSONNAGES ET PROFILS
- LEXIQUE
- JOURNAL DE KUNIKIDA

RÉSUMÉ

Une jeune femme, tenant une épée... Une jeune femme debout, devant une montagne de cadavres ensanglantés... Une jeune femme dont le regard semble dire quelque chose... Mais quoi ?

Ranmaru Shindô se réveille. C'était un rêve... Toujours ce rêve... « Encore cette fille... » se dit-il.

Tokyo, 2011. Des séismes trop fréquents. Une vague sans précédent de crimes de masse abominables. Shindô habite avec sa sœur, qui est agent de police. Il est sur le point de devenir inspecteur. C'est aujourd'hui la remise des diplômes. Son ami Hanazono et lui feront à présent partie de la Tokki, la brigade spéciale d'intervention, mise en place par le MPD, la police métropolitaine.

Suite à un terrible événement, Shindô a pris la décision de rentrer dans la police. C'était il y a 5 ans, lors du « Massacre de Machida »... Ses parents ont connu une mort aussi horrible qu'inexplicable, ainsi que les centaines d'autres victimes qui habitaient la même résidence. Depuis ce jour, il s'est juré de retrouver les coupables et de venger ses parents...

Affecté au secteur Shibuya, un des arrondissements de Tokyo, dans le commissariat Udagawa, Shindô ne tarde pas à être confronté à l'horreur. Des corps horriblement dépecés... Une boucherie dont l'atrocité n'a d'égale que la sauvagerie... Aucun être humain ne pourrait avoir commis un tel carnage... Non loin de là, un trou sans fond est apparu...

Surviennent d'inquiétants individus à la force surhumaine et au corps incrusté de visages monstrueux qui poussent des cris atroces, insensibles aux balles ! Les forces de l'ordre sont impuissantes...

Ces zombies sont découpés nets au sabre par une mystérieuse jeune fille que Shindô reconnaît aussitôt. C'est elle qui hante son rêve récurrent... Elle fait partie du Tokkô, le 2e bureau de la Tokki, section spéciale émanant de la Sûreté nationale. Son nom : Sakura Rokujô.

« Moi aussi je suis comme toi... Une survivante... Fais bien attention à toi, Shindô... Nous, les survivants, sommes leurs proies... »

Shindô ainsi que Kunikida, son supérieur, vont alors mener leur enquête chacun de leur côté pour découvrir le mystère qui entoure le 2e Bureau...

Le massacre de Machida, les tremblements de terre, le trou, le Tokkô... Peu à peu, nos protagonistes comprendront que tout est lié...

Mais ce que Shindô ignore encore, c'est que lui-même fait partie de l'équation.

SAKURA ROKUJÔ

Avant de faire son apparition dans la réalité, on découvre cette jeune fille mystérieuse à travers le rêve récurrent de Shindô. Elle aussi habitait la même résidence que Shindô qui fut touchée par le massacre. Elle a un frère qui n'est pas sorti du coma depuis ces événements. Elle est la deuxième, après Suzuka, à se révéler être un "chasseur". Son frère est la seule personne en qui elle a vraiment confiance... Elle a intégré le Tokkô, souhaitant par-dessus tout le réveil de son frère. Mais pourquoi apparaît-elle dans les rêves de Shindô... ?

Je lui ai fait un tatouage de dragon sur l'épaule droite, et sur l'épaule gauche, un tatouage tribal et un signe sanscrit. Ce dernier est le symbole d'Acalanatha, le roi de la lumière inébranlable, divinité bouddhiste terrasseur de démons... Apparemment, quand la boîte s'est ouverte, les esprits maléfiques ne furent pas les seuls à en sortir !
Quant au tatouage tribal, c'est juste parce que j'aime bien ! (Rires)...
Elle porte la croix parce que je me suis dit que ça correspondait bien avec l'idée de ce qu'elle "porte" en elle...

Dans les premières ébauches de l'histoire, les membres du Tokkô roulaient en motos !

GS1200-SS noire

Combinaison de motard
C'est, en quelque sorte, l'uniforme du Tokkô ! Avec une veste un peu plus courte pour les filles...

Premières recherches
L'uniforme était plus traditionnel. Certains ont préféré !

« 02 » pour 2ᵉ Bureau.

Elle a deux holsters. Un pour l'arme de service, l'autre pour son arme blanche !

RANMARU SHINDÔ

Lycéen, il habitait Machida, la ville où ses parents ont été sauvagement massacrés. Il a rejoint la Tokki dans le but de retrouver les coupables. C'est une forte tête, sauf devant sa petite sœur... Ce personnage jouera un rôle majeur dans l'intrigue... Y aurait-il, par hasard, un rapport entre la Boîte (voir Lexique) et... son père ?!

Finalement, les cheveux ne lui couvriront pas les oreilles...

Double Holster.
À gauche, son arme de service.
À droite, un mini-pistolet et
son émetteur-récepteur.
FCS
Antenne pliable
Axe
M80 avec cadre en aluminium
Le barillet est plus long
pour une précision parfaite
du tir. L'arme de la Tokki.
Émetteur-récepteur

TE
CREV
PUTA
DE DIE
WAAA
AAAA
AHHHRR
!!

ICHIRÔ HANAZONO

Shindô et lui se sont rencontrés à l'école de police. Il aime bien aller au bordel et a souvent invité son camarade à l'accompagner. Il rejoindra Shindô au 2e bureau… Mais est-ce bien raisonnable, lui qui n'est pas un sang-mêlé ?

Montre-téléphone
C'est une WRISTOMO, avec fonctions W-CDMATV. Tous les jeunes se l'arrachent.

SAYA SHINDÔ

C'est la petite sœur de Ranmaru. C'est donc aussi une survivante de Machida (il y a eu douze survivants). Leur lien fraternel s'est renforcé depuis les événements tragiques. Elle s'occupe bien (trop ?) de son grand frère qu'elle adore... Que deviendra-t-elle après que son grand frère se sera "éveillé" ?

Boucle d'oreille en forme de cœur, simple et discrète. En argent massif, sans pierre.

LE 12E FANTÔME

Entité démoniaque. Il porte le motif spécifique aux fantômes, le motif tribal. Plus il dévore d'humains, plus il perd son apparence humaine originelle jusqu'à atteindre un développement complet et monstrueux.

Forme humaine

VOITURE DE PATROUILLE

Véhicule de patrouille tout à fait courant. Et tout mimi !

Gyrophares spéciaux

YELLOW

Substance psychotropique dérivée du LSD. De couleur jaune, le liquide s'injecte par le cou. Les effets psychotropes sont fulgurants et si caractéristiques que les accros le surnomment "happy yellow".

On retire le capuchon

LEXIQUE

RÊVE

Selon Freud (1856-1939), le célèbre inventeur de la psychanalyse, les rêves sont la manifestation des désirs qui n'ont pas été réalisés la veille et sont le reflet de la libido. Jung (1875-1961), lui, sans pour autant mettre de côté la métaphore sexuelle, fait plutôt appel aux "archétypes" pour expliquer les rêves : l'archétype du "vieux sage" représente le père... "l'anima" est la représentation de la femme par l'homme... "l'animus", celle de l'homme par la femme... "l'ombre", le contraire de soi... la "persona", soi-même... À quel genre d'archétype la jeune femme du rêve récurrent de Shindô correspond-t-elle ? C'est pour l'heure un mystère...

LA PORTE

Le passage que les fantômes empruntent pour venir dans notre monde est un trou béant dans le sol. L'armée (les forces d'autodéfense) ont mis leurs scientifiques à l'étude mais, pour l'heure, ils ne savent toujours pas ce qui s'y trouve... Une rumeur dit que le trou serait sans fond...
Un rapport explique que le diamètre du trou s'agrandira progressivement... Dans une période estimée à deux ans, Tokyo tout entier sera englouti (6e rapport militaire, 2011). Par ailleurs, cet élargissement de la Porte provoquera un afflux plus important de fantômes...
Une commission de sûreté a été mise en place par l'Agence nationale de la défense. Il est capital de déterminer un moyen de fermer la Porte. Aucune piste sérieuse n'a pour le moment été trouvée. Toutefois, si la Boîte a déjà été ouverte par le passé, c'est qu'il existe sûrement un moyen de la refermer... L'ouverture volontaire de la Boîte étant envisagée, il semblerait que la commission mène son enquête du côté des groupuscules religieux et ésotériques...

HILLSIDE HEIGHTS DE MACHIDA *(appelé aussi "ground zero")*

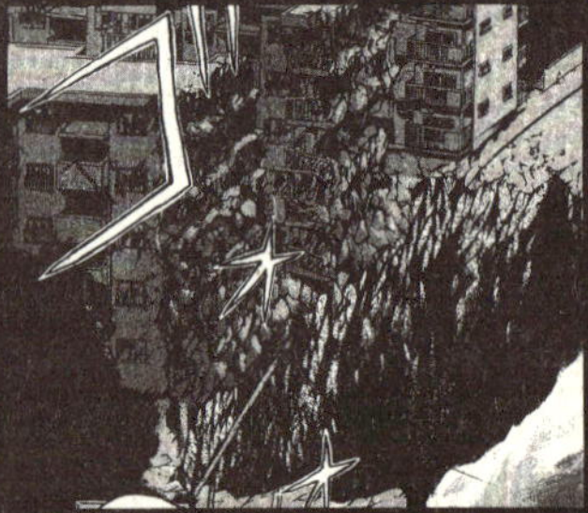

C'est dans ce complexe immobilier que la Porte fut ouverte, il y a 5 ans. Un grand nombre de fantômes l'ont alors franchie, provoquant l'horrible massacre que l'on connaît : 382 personnes à moitié dévorées, démembrées, dépecées... L'horreur était telle qu'on a parlé de "ground zero" ! Ranmaru Shindô, Sakura Rokujô et quelques autres jeunes adolescents furent les mystérieux survivants de ce carnage jamais élucidé – ils deviendront les "chasseurs"...

CHASSEUR *(appelé aussi "sang-mêlé")*

Le sang-mêlé est celui qui abrite en lui un fantôme... Pour devenir celui qui traque les fantômes – "chasseur" –, le fantôme qui dort en lui doit être réveillé... On pense que c'est au moment même du drame, 5 ans auparavant, que des fantômes se sont glissés dans le corps des enfants qui ont survécu... Le commissariat Udagawa de Shibuya réunit Ranmaru Shindô, Sakura Rokujô, Kuréha Suzuka, Takéru Inukaï... Les sangs-mêlés ne sont jamais blessés : les pouvoirs de leur fantôme les régénèrent aussitôt. On pourrait les croire invincibles, mais la puissance du fantôme détériore l'état du corps et seule une médication spécifique permet d'enrayer ce phénomène. Certains introduisent artificiellement des morceaux de fantôme dans leur corps. La plupart du temps, la fusion n'a pas lieu et ce genre d'initiative est vouée à l'échec...

LA BOÎTE *(appelée également la "Boîte de Druj")*

La Boîte de Druj ouvre la porte qui relie l'autre monde au nôtre. D'après un texte européen du Moyen-Âge, elle aurait été fabriquée par des théologiens et des alchimistes. Dans le Zoroastrisme, Druj signifie "mensonge" et désigne tout ce qui est faux, mauvais, négatif, maléfique. La Boîte, sur laquelle un étrange œil est gravé, est constituée d'un assemblage de 108 morceaux à la manière d'un puzzle. Il est dit qu'une incantation provoque l'ouverture de la Boîte et, ainsi, de la Porte – par laquelle s'échapperont 108 démons, chaque démon gardant en lui une pièce de la Boîte.

Parvenir, d'une manière ou d'une autre, à réunir les 108 pièces permettrait de reconstituer la Boîte et, ainsi, de refermer la Porte... Seuls quelques ouvrages de démonologie font référence à cette mythique boîte maléfique. Son existence étant plus qu'improbable ! Pourtant, il semblerait bien que c'est une telle boîte qui fut ouverte à Machida.

TOKUSHU KÔAN BU, DIT "TOKKÔ" *(Bureau spécial de la Sûreté nationale – Section 2 de la Brigade mobile spéciale d'investigation, dite "Tokki")*

Le premier bureau, la Tokki, est la brigade mobile qui a été mise en place par le MPD, la police métropolitaine, pour faire face à la vague inquiétante de cas de meurtres de masse dans la capitale. Le deuxième bureau, le Tokkô, s'occupe, lui, des "fantômes"... Bien que rattaché à la Tokki, le Tokkô ne dépend pas de la police métropolitaine mais de la Sûreté nationale. Ses membres ont des compétences qui dépassent celles des investigateurs de la Tokki. Dirigé par le commissaire Ryoko Ibuki, le Tokkô ne comprend pour le moment que trois membres.

TOKUSHU KIDÔ SÔSA TAÏ, DITE "TOKKI" (Brigade mobile spéciale d'investigation)
Cette brigade a été mise en place, il y a un an, pour faire face à la montée des meurtres de masse.

FANTÔMES *(appelés aussi monstres, démons, créatures...)*

Ce sont des "âmes errantes" de l'"autre monde"... On pourrait les considérer comme des éclaireurs. Ils ont traversé la porte pour venir dans notre monde pour préparer la fin de l'humanité... Leur objectif ? Se débarrasser des "chasseurs" pour pouvoir librement anéantir l'humanité... Seuls les sangs-mêlés peuvent détruire les fantômes. Sans les chasseurs, les humains seraient totalement sans défense... Leur traversée de la "porte" provoque un tremblement de terre. Ils arrivent le corps couvert de sang, comme s'ils "venaient au monde"... Malgré une apparence humaine initiale, ils se transforment, en dévorant des humains, jusqu'à atteindre le stade final et monstrueux de leur développement... Malgré cette forme humaine de départ, on ignore si leurs yeux, leur bouche, leurs oreilles, etc. ont bien les mêmes fonctions qu'un être humain normal...

PRÉTA

Les prétas sont comme des soldats. Ils apparaissent à la place des fantômes. Leurs yeux et leur bouche sont scellés. Mais ils peuvent très bien avoir leur bouche ailleurs, sur l'épaule, le ventre, par exemple... Les prétas attaquent les humains et leur sucent chair et sang.

LES INSECTES PSYCHIQUES
(Prosopopode... Ver cérébral...)

Il y a plusieurs variétés d'insectes psychiques. Les insectes psychiques naissent dans le corps des fantômes. En s'introduisant dans le corps d'humains ordinaires, ceux-ci se transforment en prétas assoiffés de sang... Ou en espions.

JOURNAL DE KUNIKIDA

CHEF DU SECTEUR SHIBUYA DE LA BRIGADE MOBILE SPÉCIALE D'INVESTIGATION – COMMISSARIAT UDAGAWA.

28 mars
Le mois de mars se termine et il y a déjà 15 cas de meurtre sauvage rien que dans notre secteur... D'où vient toute cette folie meurtrière ? Harimoto dit que c'est à cause d'El Niño... Il dit vraiment n'importe quoi, des fois... Je ne sais pas pourquoi, je ne sens pas le mois qui arrive...

1er avril
Golf avec les collègues du QG. Je ne voulais pas y aller mais c'est le chef de la police – je le retiens celui-là – qui a tenu à ce que je fasse le chauffeur ! Ça m'a tellement énervé, j'ai foncé à 180 km/h... Je crois que c'est mal barré pour mon avancement... Je vais éviter d'en parler à ma femme.

4 avril
Cas de cannibalisme à Ébisu. En deux ans, le type avait découpé huit personnes en morceaux. Il en faisait des soupes. Il a déclaré, au moment de l'arrestation, « pour vivre vieux, il faut manger le cerveau ». Y a vraiment des malades !

6 avril
Rentrée scolaire : Loulou entre en CE1. Leurs nouvelles trousses ont un ordinateur incorporé. On n'arrête pas le progrès ! Un seul truc ne change pas : l'éducation coûte toujours aussi cher. La petite nous prend par la main en disant « papa ! maman ! ». Pourvu que ça dure !

7 avril
Les bleus ne vont pas tarder à débarquer à la Tokki de Shibuya. Qui est-ce qu'ils vont nous envoyer cette année ? Comment vais-je les traiter ? Le chef de Tachikawa va sûrement leur faire le coup du marathon. C'est pas mon truc. On se les gèle, en ce moment ! Pourquoi pas un peu de natation ? On verra. J'adore être chef !

9 avril
Tueur fou en centre-ville, 23 morts. Un ado de 18 ans ! Y a plus que des malades, des têtes brûlées ! Mais je sais exactement pourquoi. C'est parce qu'il n'y a plus de gangs. Du temps des gangs, il y avait des règles et on les respectait. Oui, ça manque d'uniforme, tout ça. Mais ça me rappelle la première fois où Akina et moi on s'est rencontrés. C'était à un rassemblement.

10 avril
Avec Harimoto, on est allés boire au Sabuchan. Il est abonné à un mensuel, *Atlantis* qui parle de tout ce qui est zarbi. Mystères inexpliqués et tout ça. Pas étonnant qu'il me sorte des trucs bizarres des fois. Genre, El Niño va provoquer un tremblement de terre immense à Tokyo. Du charabia... El Niño, c'est un courant marin, non ?

11 avril
Aujourd'hui, c'étaient portes ouvertes pour les parents à l'école. Je suis très fier de ma fille. Elle participe et répond bien. Mais elle n'a pas arrêté d'éviter mon regard. Je crois que j'ai compris pourquoi. Je viens de me rappeler qu'elle m'avait demandé de venir coiffé autrement. Merde !

13 avril
À 14 heures, un tueur d'« inspiration divine » a massacré 12 innocents. Il a déclaré : « Je suis l'agneau de Dieu. je suis l'agneau d'El Niño. Tokyo connaîtra le châtiment divin ! » Encore ce foutu courant marin... Ça tourne vraiment pas rond dans cette ville...

14 avril
On a voulu prendre le bain en famille. Loulou n'a pas voulu que je vienne. Il faut vraiment que je change de coiffure.

16 avril
J'arrive au boulot. Une lettre anonyme circule. En résumé, ça dit : « La fin est proche. Pour trouver refuge, un seul endroit : le plateau de Nasu. » On a cherché de qui ça pouvait venir. Moi, j'ai compris tout de suite : Harimoto.

17 avril
On a déterré 15 cadavres ensevelis dans une villa de la haute. 15 corps de fillettes de l'âge de Loulou. L'assassin a 15 ans. Sa déclaration : « J'avais envie de collectionner des jolies filles. » Ce monde est vraiment malade. Putain ! Elles avaient toutes l'âge de Loulou. Il serait temps de changer les lois pénales des criminels mineurs. Merde, quoi ! Faudrait pouvoir publier les noms et les adresses de ces malades.

18 avril
Ça cloche... Loulou ne me regarde plus. J'en ai parlé à Harimoto. Il m'a donné un talisman sur lequel est marqué : « El Niño ». Poubelle, direct ! Comme si un courant marin pouvait nous préserver des coups du sort.

19 avril
Ma fille m'a fait un cadeau. Un portrait de moi. Elle l'a fait en cachette. Voilà le comment du pourquoi de mes inquiétudes. Je le retiens, l'autre, avec son Niño. Quel abruti !

20 avril
J'ai suivi Harimoto... L'enfoiré ! C'est El Niño au bordel, oui ! Ça, je l'aurais jamais cru ! Il craint, ce Harimoto.

22 avril
Nouveau tremblement de terre. Ça n'arrête pas ces temps-ci... À ce rythme, je vais finir par croire les prédictions délirantes de Harimoto. Il n'y a qu'une chose dans tout ça qui me plaît, c'est que Loulou se serre contre moi parce qu'elle a peur.

23 avril
Dispute avec ma femme. J'ai dîné avec un bento de la supérette. Avant elle ne faisait pas tant d'histoires. Elle faisait tout ce que je disais... Fait chier ! Heureusement qu'il y a Loulou. C'est un trésor ! Personne ne l'aura, ma fille.

24 avril
Nouvelle filature. Harimoto a posté quelque chose. À ma demande, on m'a donné accès au courrier. C'était un bon de commande pour acheter un pendentif porte-bonheur. Je le crois pas. Où tu vas là, Harimoto ?

25 avril
Ça y est, les bleus sont arrivés. Ils sont quatre, dont deux décolorés. Ça m'a tout de suite énervé. Surtout celui à la barbiche : Hanazono. Le plus énervant, ce sont les cheveux qui lui couvrent les oreilles. Un homme, un vrai, ça se plaque les cheveux en arrière ! Je lui ferais changer tout ça, moi.

25 avril
Aujourd'hui, Harimoto est mort. J'ai du mal encore à y croire. Et lui qui ne jurait que par El Niño. Ça ne l'a pas sauvé. Après recherche, on a appris qu'il venait des îles et qu'il n'avait plus de famille. C'était sûrement pour ça, El Niño. Ça devait l'aider à vivre. Mais cette Suzuka du Tokkô... Avoir ce grade à cet âge. Cette pimbêche mérite juste deux tartes.

26 avril
Putain ! Je dis putain ! C'est quoi ces zombies au corps couvert de mini-têtes qui hurlent ? En tout cas, le Tokkô a l'air de savoir parfaitement ce qui se passe. Tu vas voir, je vais mener mon enquête, moi et je te vengerai, Harimoto. Je te le jure !

27 avril
Muramasa a mis la main sur une partie des photos qui ont été prises hier. Soumises à un professeur d'université, il les a analysées et dit que ces tranformations étaient soit les effets secondaires d'une prise importante de substances psychotropes, soit les effets d'un virus. Un virus ? N'importe quoi ! Un virus qui rend insensible aux balles peut-être ? Toute façon, c'est quoi, ces petits jeunes du Tokkô avec des sabres et pas des revolvers ? Par contre, Murasama est un bon ! Ça va changer de Harimoto. Merde, ça porte malheur de dire du mal des morts.

28 avril
Funérailles de Harimoto. Des funérailles aux couleurs d'El Niño. Plus d'Harimoto mais toujours El Niño. Je te charrie, vieux, mais dors en paix. J'espère que tu es au paradis et que tu es heureux.

29 avril
Murasama a hacké le système informatique du QG de la police. Maintenant, c'est clair : il y en a partout dans Tokyo des affaires similaires... À chaque fois, on parle de « monstres », de « démons », de « diable ». Je le crois pas. Y a vraiment tout ça, dans la ville ? Alors, c'est vraiment le plan El Niño dont parlait Harimoto ? Je vais aller chercher Loulou à la sortie de l'école, c'est plus prudent.

30 avril
Explosion à Shibuya. Deux immeubles entiers se sont écroulés. On parle d'un acte terroriste mais il semblerait bien que le Tokkô soit impliqué. J'essaie de discuter en haut lieu mais à quoi bon... De toute façon, si la Sûreté nationale a mis son nez là-dedans, c'est que c'est vraiment une affaire de sécurité nationale... Qu'est-ce qui est en train de se passer ici, à Tokyo ? Qu'est-ce qu'on nous cache ?! Hein ? Harimoto, s'il te plaît, ne me dis pas que c'est El Niño ! Bah, peu importe. Quel que soit le visage de l'ennemi, je l'aurai ! Foi de Kunikida. Et puis j'ai l'adresse de la secte El Niño. Ils vont me voir, demain... Ouais ! Je serai là avant le Tokkô ! Hé hé hé...

À SUIVRE.... ?

L'ÉQUIPE

Aki Katô

Manami Takenuki

Chihiro Fujikoma

Yôko Yoshihara

Dynamic Tarô

ÉDITEURS DE LA VERSION ORIGINALE

Syohei Yoshida
Naoyuki Suzuki

DESIGN

Tadashi Hisamochi

Titre original :
TOKKÔ, Devil's Awaken, VOL. 1

First published in Japan in 2004
by Kodansha Ltd., Tokyo.
Publication rights for this French edition
arranged through Kodansha Ltd., Tokyo.

French translation rights : Pika Édition

Traduction et adaptation : Taro Ochiaï
Création d'illustrations : David Cochard

ISBN : 978-2-84599-792-9
Dépôt légal : novembre 2007
Imprimé en Italie par Legoprint
Diffusion : Hachette Livre

ATTENTION, SENS INTERDIT !

Ceci est la dernière page
du premier épisode de TOKKO.
Pour lire le début de ce volume,
il faut retourner le livre.

Une petite explication vous donnera
le mode d'emploi du sens de lecture,
fidèle à l'original, de droite à gauche,
selon le souhait de son auteur,
Tôru Fujisawa.